蝦子香

目錄

從點名說起

——*謹以此文獻給我做暑期工時廠房裏的姐姐妹妹，並港大中文系眾死黨好友。*

天天在課堂上叫喚年輕人的名字，至為有趣。

孩子長大了，要從父母那裏掙回為自己命名的權利，第一件事，就是為自己起一個與別不同的老外名號。這幾年，很少學生會說「我叫詩雅」，我叫「國棟」。他們總是說：我是 Jimmy，我是 Suki，或不求甚解就說她叫 Saloki、Money 甚至 Horny，把我弄得啼笑皆非。

先說「詩雅」。這個香港女生特有的名字，和「詠儀」、「思敏」、「嘉欣」等同時崛起。七十年代的鄰家女孩，大多叫玉蓮、潔冰、燕芳，這些率直開朗的姑娘，每天帶著搪瓷漱口盅到工廠上班（用大開水浸泡公仔麵五分鐘就是一頓飯了）。香港奇跡，就是所有阿娟阿鳳阿嬋用無價青春創造出來的。那段日子，陳寶珠、蕭芳芳電影裏的白馬王子，正是她們的夢。這些現代童話裏，女主角有叫「詩雅」的，風靡一時。後來，工廠姑娘當了媽媽，生下白胖女嬰，女主角的名字，十九年後也就成了許多灰姑娘向大學註冊處開開心心報交的資料。男孩子呢，「國棟」、「學忠」、「祖輝」、「建華」等頗能堅持，班上仍常遇上，可見一眾爸媽對男孩的要求（光宗耀祖、保家衛國）仍遠遠超過對女兒的期望（氣質不凡、有才有貌）。平凡的「志強」、「家昌」或具相當文化色彩的「澤堂」、「錦江」卻不多見了，代之而起的是「軒」（飛翔）、「浩」（廣大）和「宇」（空間）等更「宏偉」的「視野」。也許我們對家國的忠愛已進化為對地球宇宙的歸屬感了。

回頭看看年輕人的洋名。我的學生說，中、小學的老師要求他們用洋名，方便上英文課云云。這話我不大相信。老師要求起名大概屬實，但學生進了大學，前度師長的教誨若仍有效，就不會有人在課上用超高響聲「嚼」（動詞、象聲詞）口香糖、講手提電話，在宿舍裏互抄作業，在更衣室裏粗話連篇（當著我面）了——老師當年也說過人應誠實不阿、彼此尊重，為何不聽話？要知道，少數害群之馬，足以摧毀整個群落的名聲。

洋名興起，據說也是為了方便，有道理。洋名是用完又用的（環保得很），多來自聖經或神話，比較易記，且饒有深意，如約翰表示主有洪恩，菲比義為純潔光明。可是，認識洋名含義者不多。今天，名字洋化更大的「好處」，在於能夠隱藏身世，朋輩呼叫，也不至於暴露了土氣的阿艷阿軍阿珍阿狗或向陽。為自己掛上洋名，家庭背景的草根色彩馬上塗抹淨盡。陌生化不再只是文學手法，也是用名哲學；大學生以本名坦誠相對、彼此直呼阿冰阿炳阿牛阿茂（這些全都是我港大同學的日常用名，真人真事）的時代已經完全過去。

用洋名而對西方文化毫無認識，非常危險。很少人知道 Jack 是 John 衍生出來的，Ian 是約翰的蘇格蘭版本，第一個字母 I 更經常被誤讀為 L，叫「伊恩」的男孩因此不時給人喚作「蘭恩」，場面尷尬。西方名字的簡寫更得好好認識，若不了解洋人習慣，誰知道劉德華（Andy Lau）與耶穌的徒兒安德烈（Andrew）同名？誰曉得迪克（Dick）就是理查（Richard）？美國前總統威廉．克林頓（William Clinton）對香港貢獻不小。他的暱稱警戒了我們這些胡亂使用洋名的中國人：如果威廉（William）的簡寫竟然可以是比爾（Bill），甚麼事不能發生？

奇形怪狀的 Saloki 呢，實是巴基斯坦的山城，與其只有一個字母之別的 Saluki，則是一種中東獵犬。國人有「搖尾乞憐」此一貶詞，不喜以狗自比。中唐詩人李賀哀嘆生活潦倒，才說自己「衣如飛鶉馬如狗」(《開愁歌》)。以動物自喻，亦多比為駿馬良駒或活虎生龍，這才「夠班」。Horny 更不用說了，那是性興奮的意思，竟也有人以之代替父母賜予的本名，不可思議。港人的英文程度怎不叫人擔心？老實說，我才不會在教室裏大叫「Horny Chan」，免得有人投訴我性騷擾。

名字反映我們的想望、素養和語文能力。拿起點名表，我就知道「陳大文」這個小人物的名字，原來也可圈可點，大有文章。

箍煲

對新一代來說，「箍煲」二字耳熟能詳，意指得罪了情人，兩人關係瀕死，於是刻意挽之救之 —— 或送禮物，或寫情信，或在港鐵車廂裏留個電子信息公開示愛 —— 總之務求對方原諒自己，二人得以熱戀如初之救亡行動，謂之「箍煲」。

前兩天，教了李賀的一首古體詩。下課問同學覺得課堂如何，同學答道：「老師提及『箍煲』一詞的來歷，非常有趣。」可見無論教材裏的詩歌寫得多好，年輕人自有其終極關懷，作品可以忘掉，惟獨「箍煲」的由來，大家銘記於心。

事情是這樣的。説到詩歌裏的感官經驗，我用李賀的

〈長平箭頭歌〉做例子。詩裏有「折鋒赤璺曾刲肉」(「損折的鋒刃和血紅的裂痕一度刺入、割開人的皮肉」) 句。上課時，同學看見一個句子裏有兩三個生面孔的中文字，會給嚇壞。我常說，大學生依舊應該運用基本的「猜詞」技巧，根據前文後理，猜出生詞的意義，然後證之以字典辭書。「折鋒」和「刲」，大家猜得到，但「璺」(音「問」) 就有點難度了。

「璺」從玉，指「陶瓷、玉、玻璃等器物上的裂痕」。粵語裏有「打爛砂盆問到篤」句，是個歇後語；北方人也會說「打破砂鍋問到底」，兩者的結構和意思一樣。但句中這個「問」字，其實應該寫作「璺」。

學生不明白，我就說：打破玻璃瓶，情狀如何？他們答：「碎晒 (全碎了)。」又問：摔爛瓷杯，情狀如何？答：「碎開幾件。」最後我說：打破砂鍋，只會碎成兩片，撿起來黏合好，仍可再用。砂鍋裂開時，若仍完好而未分為二，那道裂痕就叫做「璺」。(漢揚雄《方言》卷六：「器破而未離謂之璺。」)

原來，打破砂鍋「璺到底」，就是「裂痕一道到底」的意思，諧音「問到底」，指求問的人全力追尋答案，絕不放棄。

物質豐富的今天，同學們自然不知道爛了的砂鍋為何還要再用，而且根本不知道為何媽媽仍要用脆弱的砂鍋——除非吃過美味得難以忘懷的煲仔飯。於是我又帶領他們回到那些用煤爐柴火和砂鍋做飯的日子，重尋上一代人珍惜物質的心態。砂鍋裂了，只要用鐵線把左右兩半重新「箍實」，即可再用，而且只要手工夠好，「箍好」的「煲」滴水不漏。食物的汁液滲進「璺」裏，會把砂鍋的兩半黏合得更牢固。

「瓦煲」（砂鍋）是怎樣「箍」的呢？很簡單，就是待砂鍋冷卻時，用燈芯般粗大的鐵線繞著砂鍋，圍上幾圈；上圍和下圍都按照大小緊緊「箍」著那個「煲」，「煲」和線中間盡量不留空隙，兩個線圈之間也架上垂直的鐵線，固定兩者的距離即可。砂鍋遇熱膨脹，有鐵線「箍緊」，就不會因內外受熱不同而碎開了。

碎開的砂鍋仍然可以「箍」，是因為「璺」只有一條，要「復合」並不複雜。不過，真正的「箍煲」，其實是一開始就要做的。此話怎說？原來很少人在砂鍋的裂痕變成明渠的「兩岸」才去「箍煲」；用砂鍋的高手，必在買鍋之日，就拿去師傅那兒「箍」它兩三轉，讓它在經歷火煉之前，已經堅實有力。說句老套話：關係也一樣。平日互相了解，知道人心易碎，最好早早「箍」定，以免被生活的泥石流日日擊打，終至碎裂。做到熱不胡脹，冷不亂縮，感情天天培養鞏固，才是最佳的「箍煲術」。

以前，「箍煲師傅」只要有一張小凳子，一綑鐵線，幾個鉗子就可以開工了。街頭巷尾總有一位。如今，砂鍋不流行了，而且相對地便宜了，破了，大家就由得它變成垃圾；「箍煲師傅」單靠箍煲實在過不了日子。在我們的城裏，相信再不容易找到這一行的高手了。我們的砂鍋也變得精美、堅實了——不過，我們的愛情呢？

在漸漸堅強的物質叢中，我們的心日漸脆弱。「箍煲」仍是日常用語，意義卻大大不同了。但願你的「煲」是不鏽鋼，百碰不碎，不必日箍夜箍，而且能用到千年萬代，依然「立立靚」。

名校演講記

前些時天天看翡翠台的劇集《巾幗梟雄》。劇中做大奶奶的演員，是個生面孔，演技極好，她把那騷在眉宇壞在骨頭的中年女子演得出神入化，舉手投足都大力扯動著我敏感的神經。問了好多人都不知道她是誰。許久以後，才曉得她本是粵劇花旦，名叫謝雪心。對我來說，這「大奶奶」最叫人驚心動魄的，不是她的陰險，也不是她對兒子的溺愛，而是她讓我無法不想起的一件事。

工作所需，我以前常到中學辦講座。最忙的日子，幾乎每星期走一趟。後來年紀大了，大學的形象工程也用去我們很多時間，我頭疼腿痠，雙肩先後發炎，各種小毛病像一窩螞蟻找到了冰糖，纏繞不去。醫生認為我過勞，患上了經常性焦慮症。我趕忙努力休息，可惜越是努力越是辛苦，只好推掉所有和基本薪金無關的工作。

一天，我收到副校長的電郵。我們在大學一起工作十多年，我對他敬重有加。電郵裏説，他是某名女校家長會成員，因此幫忙聯絡我。女兒學校的中文組邀請我去主持一個文學創作工作坊。電郵措辭客氣，我感到他的誠意和尊重，就答應了，然後去聯絡那位執事的中文老師。

不久，老師傳來工作坊資料。我一看，原來要做兩次，每次兩小時呢！其實那是教學，不是講座嘛。我一看，咦，拿「優質教育基金」辦的，看來是有工資的。因此通電話時，我問她會不會有薪金。

平日做講座我都不問工錢，因為我覺得這是大學中學資源互補，不必計較；有時候還掏腰包打的趕過去、做完後又打的趕回大學。好些學校主動把車錢還給我，有些會給我一盒巧克力，我也很喜歡，回到大學，必和同事們分享。有些學校給我一張謝卡，我會放在案頭。有時打開謝卡，裏面竟然還有酬金，那則是意外之喜了。即使只得一面錦旗，我還是快樂的。(雖然我好想找機會告訴這些教育界好友，錦旗沒有實質用途，我覺得寧願收到一條繡上學校名字的小毛巾，這樣比較環保。) 這些學校都非常君子，給我的印象極好。

但這一次，名校既然用「優質教育基金」的錢辦活動，我該可以問一下吧？豈料那位中文老師說：「哎喲，真抱歉，我們的資金非常有限，希望胡老師您仗義幫忙。」我本來已經答應了，現在不過在問小節，於是回應道:「沒關係，我不過問一下。」但因為要講四小時之多，我用了頗長時間備課和準備講義。

那天，我一點五十分就到校了，比開始時間早了十分鐘。校工守在大門，把我截停，問我是誰。我說我是來上課的，他上下打量我一番，才指著四方形操場的對角說：「是這樣啊？你到那邊校務處去問問吧。」我感到奇怪，如果演講嘉賓要來，守門的校工該早知道吧？我依著他指的方向走，卻找不到校務處，幸好一位穿校服的小妹妹把我帶到轉角處一個隱蔽的門口。我走進去，嘩，這兒窄得很，比照肺前換衣服的小房間還小，剛夠一個身材標準的人規規矩矩地站著（我卻太胖了）。小空間的右邊，是個「震驚黃」櫃位，高高的桌面卡在胸前，給人壓力甚大，而且裏面的世界完全落在視野之外，神秘得很。看看手錶，我有點焦急了，於是叫道：「請問這裏有人嗎？」幾分鐘後，我就得開始上課啦，怎麼還沒有人找我？

「你是誰？甚麼事？」是一位突然冒出來的職員，她可能以為我來是要為女兒懇求一個學位吧？也好，以為我還年輕，女兒讀中一，哈哈。我答道:「我是來辦講座的。請問……」

「你先到外面的椅子上坐坐，我叫人帶你上去。」她搶著說。

「謝謝。」我聽了，退出小空間，尋找她說的那張椅子。可是，小空間門外是更窄的樓梯口，再過一點，則是升降機槽，哪裏有甚麼椅子？順著牆壁繼續張望，在頗為遙遠的地方，確實放了張孤零零的長椅。原來我要坐的地方在十米以外。我走了兩步，不敢再往前，怕中文老師突然來了看不到我坐在老遠的地方。

但是，中文老師沒來。來的是另一位校工。我只好跟著他乘電梯到了一個教室。它像個美術室，四四方方的，空無一人，更沒有電腦。看來，我精心設計的簡報要泡湯了。我放下載滿講義重得像鐵餅的背包，拿出厚厚的許多疊紙，舒一口氣，忽然看見桌子上有一包果汁。這似乎是唯一的歡迎儀式了。時值夏日，冷氣未開，我一身是汗，人像浸在蜜糖漿裏。外面是一團熱氣，裏頭的火也冒起來了。又看看腕錶，已經兩點開外，課堂早該開始了，怎麼老師和學生還未出現？我拿起果汁想一口氣喝光，希望降降溫。喝了兩口，才想起那可能是顏料。

忽然，兩位笑臉迎人的年輕女士出現了。我如釋重負，以為那必是中文老師了。「不，我們不是。我是教地理的，這一位是生物老師，聽說這裏有講座，我們來旁聽。」我聞言略感欣慰：我確實來到了正確地點，而且碰見兩個「粉絲」，一方面沾沾自喜，另一方面卻禁不住更生氣：怎麼連旁聽的都來了，主辦單位還未現身？兩位老師也覺得頗為尷尬，三人於是有一搭沒一搭地說了些奇奇怪怪的客氣話。

兩點十分，一位高挑精瘦的中年太太光臨現場了，手上拿著筆記本電腦和一大堆電線插頭甚麼的，腳上穿著會發聲的尖頭幼跟硬膠拖鞋，咯咯格格地敲進來，口裏唧唧呱呱地說了一大堆話。對不起啦，電腦有問題啦，不好意思啦……

兩點十五分，學生才三五成群、慢條斯理地走進來了，一式一樣的校服，潔白無瑕，像一浪四月的梔子花，這些女孩子全都笑著說著，青春無敵，耀眼非常。良久，眾小姐都坐下了，那位中年太太叫我開始。我沉住氣，努力用正常的聲調講課，其實裏面正在刮十級風，卻沒有風眼，想躲一下都有困難。我講了一大堆話。那位太太安然坐在學生叢中，像《巾幗梟雄》的大奶奶那樣曲著手肘，幽幽微笑著，眼睛瞇成腰果，高貴非常。

說起名校，不見得每一家都真有高水平，這一家卻是頂呱呱的。孩子們頭腦精明，聲音清亮，許多都活潑開朗，而且大方得體，肯發問、肯思考，身為老師，我本該覺得非常滿足。那些十幾歲的眼睛閃出的光芒是無法抗拒的。但禮貌呢？課上完了，我忍不住把內心的風災和盤托出。我說，我早到了十分鐘，同學們卻遲到了十五分鐘，這是很無禮的，應該反省；然而，眼前幾十個女孩子面面相覷，好像不知道發生了甚麼事。那位大奶奶老師馬上解釋，那是因為她怕她們吃飯的時間不夠，所以讓她們多吃一點才回來。我聽了不由得整個人焚燒起來：豈有此理！世界上哪有要講者先來等學生的道理？如果學生必須兩點一刻才到，為何不約我兩點半？她說學生也不想太晚下課。我聞言更是啞口無言，氣得失掉了說話能力。其實那很容易嘛，何不減少上課時間？後來我猜大奶奶也不想，免得上課時間太短，交給「優質教育基金」的報告不夠好看，而她自己也不想遲半小時下課。我按捺著情緒，盡量溫柔地地問道：「下星期兩點半才開始，可以嗎？」大奶奶馬上說：

「不，不，我叫學生兩點前乖乖坐好就是了。」

一星期後，我又在兩點前來到名校了。這一次，我還是得自己到校務處找人。不久，大奶奶親自下來領路，再沒差派校工代勞了，算是一大進步。我感覺好得多了。到了教室，果然看見所有女孩都已經安靜坐好。大奶奶知過能改，我此刻不免有點自責，於是開始愉快地講課，欣然度過一小時。

豈料教到一半，大奶奶忽然站起來，舉起一個長方形半透明塑料盒子，在所有同學面前嬌聲問道：「胡老師，我們可以吃點餅乾嗎？同學們為了趕回來上你的課，不夠時間吃飯，現在肚子大概餓了。」

天啊，我不是説過要兩點半才開始嗎？是大奶奶你拒絕的。我一時惘然若失，説了句：「吃吧。」説完卻即時想吐血，但因為一時口快，只能啞忍，讓自己內傷。不料大奶奶竟然還説：「胡老師你吃不吃？」我差點氣得昏了過去，連用力搖頭也不敢，只聽到孩子們把餅乾咬得格格作響，唇間餅碎橫飛。我一時不禁悲從中來 —— 我們的下一代落在甚麼人的手上了？

終於完成了。踏出名校，馬上噴出憋在胸口的大泡悶氣。我絕對不敢講粗口，但此時真也有衝動要試一次。不過我知道，只要大奶奶一天尚在該校任教，我永遠不會再踏足此地了。揚手截停了一部的士。我半躺在車內椅子上，感到心臟仍在急劇亂跳，像一隻剛給惡犬肆意欺凌最後幸運逃脫的小貓在喘大氣。

過了些時，跟一位寫作的好朋友談起這件事。不提則已，一說起，他即時怒髮衝冠，冒火三千丈。原來好友也幫他們做了同一個的工作坊。他同樣早到恭候大奶奶駕臨；這說明她的遲到絕非偶然，乃是慣技。朋友還帶來更叫人聽了想爆炸的消息──大奶奶說資金不夠，不給我們倆工資，卻給了第三個工作坊的講者幾千元。我試探著說：「那位講者大概是我們的前輩吧？」朋友聞言，差點中風身亡：「甚麼前輩？是只有二十幾歲的後輩！」我聞言跳起：「甚麼？怎麼可以這樣？你教新詩，我講散文，他談小說，為何一個有工資，兩個沒有？」朋友嘆了一口氣：「原來你不知道？誰叫我們習慣免費服務？這叫做『做壞市』。」我聽著幾乎把咖啡杯都摔碎──本已很少的糖分揮發而去，剩下難以支持的苦澀。原來「優質教育基金」落在非常「優質」之人的手裏呢！

經過了這一次，我下了更大決心戒掉到中小學演講的「壞」習慣。只怕我會見到更多的大奶奶和越來越不懂得禮貌的學生，無法應付，氣炸了肺要拿去醫院縫縫補補；還是乖乖上班下班，晚上待在家裏看看那些不能真正叫人傷心或生氣的電視劇好了。

去看《姊妹仨》，去看我們自己

我對舞台劇認識不深，更談不上「發燒」，去看海豹劇團的《姊妹仨》，原因有二。一，我要去支持我們在大學翻譯中心的眾同事，這個劇本是黎翠珍教授花了很多心血、時日譯成的。二，《姊妹仨》是我大學時的讀本。我修比較文學，選了口碑載道的「俄國文學」卷，因為我念小學時已經聽説過托爾斯泰、杜斯妥也夫斯基、契訶夫等大文豪的名字。但讀的時候卻有點納悶：我實在無法明白老師為甚麼選 *Three Sisters* 給我們「歎」。記得我看來看去都不得要領，掙扎著用俄國名字去記憶誰是誰的甚麼人、誰對誰傾慕等資料。不過，這個劇本連一點劇情都沒有，悶得要命。老師還聲明契訶夫正是要我們明白生命裏的

boredom。那時我們才二十出頭，天天打球游泳，老實說，可以明白甚麼 boredom 呢？

然而，奇跡發生了。從大學走進社會，走進人生單向的大渠，走進每天必須完成的繁冗瑣務，走了一年又一年；一天我們發現自己開始知道曹雪芹、陶潛、杜甫和契訶夫為何要對著我們絮絮滔滔地說話了。演員謝幕的時候，我只想哭。當年使我昏昏欲睡的發黃書頁，今日猶如枯藤冒青，葉子從生活的骨節眼冒出，向四方蔓生，一直往生命的各種真相伸延。那是一種強烈的被了解的渴望。荒野的蒼涼裏，我聽見暗燈下的劇作家那幾乎湮滅在龐大黑夜中的微小感喟：「你終於懂了嗎？」

導演黃清霞博士在場刊裏寫道：「當年莫斯科劇團首次排演契訶夫《姊妹仨》時，導演和演員都覺得這部戲有點迷茫和隱晦。契訶夫自己也說過，這部戲『暗淡，長，難處理』，『劇中有四位女角和一些比沉鬱還沉鬱的氣氛』。」譯者黎翠珍教授卻明明白白地告訴我們：「*Three Sisters* 是導演黃清霞的選擇。」黃清霞明知故事「迷茫和隱晦」，連俄國人都沒有十足把握，明知「氣氛比沉鬱還沉鬱」，喜歡大紅大綠曲折離奇的香港人不會欣賞，為甚麼還要費盡心血，務要把它搬上大商港的舞台？我相信原因只有一個：

她與為這個劇付出過的每一個人，都感悟到契訶夫在百多年前希望有人能夠感悟的心情：我們無力成就自己宣之於口的理想，我們所追求的一切都是錯置的、虛幻的，甚至從來沒存在過的。

劇中的三姐妹不是轟轟烈烈的傳統悲劇英雄；她們隨著歲月和環境滑行的感情零碎而複雜，無法精確名狀言説。和別人一樣，她們生命的軌跡是由許多隱蔽的誤差、否認與一廂情願構成的。因此，「繼續等待」、「暫且適應」成了終極的動詞。劇中人物不是虛擬他人的身份，就是逃躲自己的角色，或老大不情願地踐行著他人對自己的期望。這表面沒有甚麼大不了，卻叫敏鋭的人驚心動魄。我一面看，一面感到被戳破，被剖開，被描述。在旗袍的婀娜擺動下，幾個優雅的女人説著生動親切的廣東話，或賢淑或任性地落入「平庸」的播弄而毫無還手之力，引動著我們的自憐與痛惜；與此同時，一種新興的鄙俗力量正偷偷形成、萌動。三姐妹的小弟所娶的媳婦一點一滴地侵佔她們的世界。她沒有品味，卻可以改寫品味的定義；她沒有位置，卻可以盜取他人的位置；她沒有仁心，卻擁有權力；她沒有盟友，卻能夠繁衍同樣可怕的後代。導演黃清霞對她的形容是「高效率、心腸硬」，「根本一無所有，所以無可失落」。契訶夫在百多年前已經看得清清楚楚：即使在今天，人若要成功，就必須「非人」如此。我想起不少懂得操控身邊人的「精英」，一時難以釋懷，卻不得不衷心佩服契訶夫那能夠穿透時間直指人心的視野和洞察力。百年對焦、一目了然，這是何等功力。

是次演出，從頭到尾都叫我感動，因為這是百分百的良心藝術，真情付出。進場前，我看見退休後本已「風騷」非常的黎翠珍教授。今天的她形容憔悴、臉色蒼白，不知可有睡飽；但她的笑容很滿足，像個孩子。謝幕的時候，飾演大姐姐艾嘉的簡婉明一直無法自制地哭。我這樣猜想她哭的原因：劇中人都沉淪於生命的失焦、鬱悶和繁瑣，她和台前幕後的每一個人，卻精彩地打破了這悲涼的悶局，光芒四射地重組且演繹了最真實的人生。苟真如此，那樣的淚水是必須繼續流動的。

鈴聲

從小到大，我們都活在鈴聲之中。

小時候，我們聽得見的鐘聲鈴聲都很單調，幾乎總是長長的一串、沒有變化的電鐘——清楚響亮，緊張而喧囂，尖刻卻呆滯，舉凡鬧鐘響、電話叫，小息之後藉以鎮壓大吵大鬧的孩子，火警瞬間用來喚醒睡得香甜的居民，甚至啟碇開車，放映散場……這些鈴聲，無不如廣東人所說的「聲大夾惡」，絕不留下耽誤的空間、轉圜的餘地。

這樣的鈴聲把我從小學領到大學。1985 年秋天，再領我來到我工作的浸會學院——今天的浸會大學。那時候，浸大仍會「打鐘」，鈴聲就是這長長的凜冽的一串，和我小學、中學時代的鈴聲一模一樣。老師們坐在教員休息室吃個小小的蛋撻，就拿起教材往教室走。老師進入教室時，年輕人都已經坐好了。不知何時開始，鈴聲沒有了，八時十分的課，進化（或退化）變成令學生咬牙切齒的「八半堂」。

大學的鈴聲消失了，中小學的上課鈴和下課鐘，則變成了柔和悦耳的敲擊樂，像越來越少的雪糕車在馬路邊呼喚孩子，像此情不再的天星碼頭每十五分鐘向行人説話，像傳統遊樂場裏的旋轉木馬在模擬人生，像幽遠文雅的「古代」低下頭來與粗鄙直接的「今日」交談。茶樓裏的婉轉鳴鐘把陳先生領到三號線，領證處的重複音樂把李小姐送到四號窗，睡床邊鬧鐘的金屬小曲不厭其煩地把張同學推到更深的夢裏去。惟獨遇上大火或困在升降機的時候，我們的老舊鈴聲依然冷冷冷地大叫，希望帶來一些焦急反應：「啊，甚麼事？」將醒未醒的人總還能夠平靜地回應：「會有甚麼事？又誤鳴了。」

鈴聲變化最大者，莫如電話的叫喚。余光中在《催魂鈴》説電話線「天網恢恢」，其靜止也，登堂入室；其行動也，咄咄逼人;其鳴音也，則「格凜凜」且「不絕於耳」，使人聞之而急於逃跑。張愛玲筆下的電話鈴聲，基本上是同一種響聲，卻叫人心酸：「隔壁人家的電話鈴遠遠地在響，寂靜中，就像在耳邊：『噹兒鈴……鈴！……噹兒鈴……鈴！』一遍又一遍，不知怎麼老是沒人接。就像有千言萬語要說說不出，焦急、懇求、迫切的戲劇。」處於大城市擁擠的文明裏，光中先生嚮往的是安靜與舒徐，愛玲小姐追求的是體貼的知音。開發電話新鈴響的人，不知是否因為聽見光中先生喜歡蟋蟀，電話的金屬高頻一度變成了電子蛐蛐兒在唱歌，不知是否因為曉得愛玲小姐的寂寞，電子蛐蛐兒又變成各種可愛的小調；如果千篇幾律的品牌小調聽厭了，又可以隨心所欲地變成「嫲嫲，B仔搵你呀，聽電話啦！」或「好開心呀，我考到車牌啦」等等私人語音。一次在教會參加星期日崇拜，會眾中就有人聲大叫：「喂喂，聽電話啦！」一連叫了好多次，越叫越大聲。

有點聲音還好，有些電話只會打激靈，不會叫。是以恐怖片的橋段不停發生。你站在車廂裏，本來與身邊的幾十人一樣，平平安安，歡歡喜喜。突然右邊的美女尖聲大罵：「終於 call 我啦咩？死咗去邊呀？」免提耳機掛在那張不知是歡喜還是生氣的臉蛋旁邊，連接著那邊的整個聽覺世界；你在這邊，竟也同時給罵了。

在鈴聲只有一種的時代，我們總能以處境辨別鈴聲的感情。現在，氣若游絲的人做歌星，口齒不清的人做司儀，用右手胡亂揑住筷子的人主持飲食節目，書法污染眼睛的人做作家不停地簽名。鈴聲當然也「大條道理」地混亂不堪。一切的人和事情上，似乎都失去了依據。

也談嫉妒

嫉妒是最有生命力的一種感情。凡是真正的嫉妒，都能衍生出許多不同的敍事角度，這稜角分明、寒光閃閃的綠眼怪，每次都可以把同一事件、同一時空吞下肚子裏，再嘔出完全不同的情節。每一個敍述者都會耗盡他的語言能量，反覆咀嚼他認同的角色，因此所有經過嫉妒折射的故事都極有感染力。

嫉妒，也是非常惹笑的情緒。惹笑，是對旁觀者而言的。當事人卻必因患上嫉妒之症而痛苦不堪。患癌的人會積極求醫，糖尿病者會戒甜節食，但我們也總得要承認自己有病，才能追求康復。不過，哪一個落入嫉妒情緒的人有力量承認自己正在嫉妒呢？看來這種病至為邪惡，你給傷透了、磨壞了還不敢承認、面對。

同行切切要爭出頭，同事彼此看不順眼，同輩暗暗互相比較——嫉妒一般存在於處境相若的對手之間。可是，也發生在師生之間、父子之間和權力核心之間。當年香港文壇一場巨大的嫉妒，牽連甚廣，禍延幾代，誰不曉得？我一位好友以純粹的記錄文筆，對此述之甚詳；難得他客觀細緻；然而，在年華漸老的嫉妒者看來，這難免仍是勝利者所說的風涼話。

余秋雨先生寫嫉妒（《霜冷長河》，北京：作家出版社，1999），寫得很理性、也很有趣，他一點沒隱藏其「被嫉妒者」的身份——看來恨他的人，讀了一定更恨之入骨。不過，他才不介意。他引用心理學家的話：對受人妒忌的人來說，嫉妒是一種側面肯定，是另一種方式的讚揚，並不構成實質損害，所以，真正受到損害的是嫉妒者自身。嫉妒之苦，苦在自己。此話何解？余氏繼續說，嫉妒的苦處不少。最慘烈的，莫如嫉妒者之「自設戰場」，就如我們廣東人所說的，「自己嚇自己，必定嚇餐死」。何以如此？因為嫉妒者的眼睛，總盯著「處於最佳創造狀態的人」，自己無法不「輸」得很慘。看完此段，我馬上想起《莫札特傳》裏面那位傾盡全力的「平庸」音樂家薩里埃利。他被嫉妒的火焰燃燒，終於害死了莫札特，但那熊熊烈火並沒有因為嫉妒對象的死亡而消失，反而變成嫉妒者永恆的地獄，成了他與上帝之間難以逾越的鴻溝。他無法原諒自己肯定了莫札特，也痛恨上帝把自己創造成只能處於嫉妒狀態的敗將。余秋雨也指出，嫉妒的人「感受機制失靈、判斷機制失調、審美機制顛倒」，最後連自己的優勢也失去；焦點錯置，視線扭曲，嫉妒是一種虛擬的實景災難，它惡毒害人，可能甚於貧困與苦難。

在成熟的群體裏，嫉妒即使發生了，也能夠控制，大家還可以相處。幼稚的群體中一旦出現嫉妒，卻必定分黨分派，互相攻擊，情緒一發不可收拾。

要找出你的處所有沒有潛伏的嫉妒很容易，只要用心細聽，陰謀論籠罩的地方，大多有嫉妒。在這些角落，最大的危險是「埋堆」的引誘。為了和在場眾人交朋友，我們都可能會受到感染，落入嫉妒的陷阱——而在病人堆裏，嫉妒的病徵很快就給遮蔽了，嫉妒的浮腫最後會喬裝為義怒的肌肉。

我們大都嫉妒過別人，被人嫉妒者卻不多。原來，遭受嫉妒甚是刺激。如果你不喜歡那個嫉妒你的人，必定更覺痛快，你也許會在他面前多「串」幾下，多踩兩腳，讓他咬牙切齒、憤不欲生。這算不上報復，反而是自我膨脹所帶來的輕佻頑皮；說得準確一點，此乃驕傲。余秋雨先生就喜歡這種痛快，作為他的讀者，我也不期然跟著他痛快起來。他說：「一位評論者撰文用誇張的語氣貶損一位作家的文采詞章，他也忘了，自己的文句和他正在批判的文字也『狹路相逢』，高下立見。」他的粉絲讀者如我當然懂得笑。誰都知道他在說甚麼。這就是驕傲。但驕傲無法真正地處理嫉妒，只能排解於一時。

但說到底，仁者才能無敵，貪圖痛快的人呢，敵對者一大把，指著余先生那些蓄勢待發的冷箭和毒針，估計陸續有來。

怎樣解決嫉妒的心情？我覺得余先生的理性討論說服力強、實用性低。此話何解？因為他寫的是病理，不是療法。看了，健康的心靈都同意他的話，醫生看了也很佩服，但病人個個都不服——因此不「服」他開的藥。

個人認為解決嫉妒的方法，是專注於另一種真正讓你投入的心境；信仰、政壇變化、旅行、讀書、拍照、煮飯、裁衣、種花、打球、做詩、寫部落格都可以。曬太陽和做運動最有效，打高爾夫球最佳，因為你的眼睛看著的是另外十八個洞。

要對付自己心底的嫉妒，實在不必打壓嫉妒的對象，因為你一動手攻擊，對方就壯大，你的病情就加深了。我們須要積極壯大的，反而是自己的視野，越大越好，最好大到能夠探索宇宙萬物和終極真理。原來視野越大，嫉妒的對象就越小。小得看不見了，就等同消失。漸漸，新的焦點形成，新的關懷成長，新的感情流動，嫉妒就完蛋了。

對話

到父親家吃晚飯，發現他的印傭 Linda 病了。飯後我帶她到樓下新開的診所看病。那兒一個病人都沒有。護士很有禮，看見我們，笑逐顏開。登記的小窗旁貼了一塊告示：「普通科 120 元，老人科 80 元，晚上九時後不設老人科。兩天藥。開診時間到深夜十一點。」這些連鎖醫務中心的收費也真便宜。以前看私家醫生貴多了。可是，晚上九點後老人就不能生病了嗎？連鎖醫務中心的優惠方式大多頗為奇怪，這一家已經不錯，起碼不是那些由醫生領銜坐鎮的變相減肥店。

我跟護士說：「你可以請醫生用最優質的藥嗎？我們可以負擔。」我這樣問，是有背景的。在大學的醫務中心就診，如果要拿好藥，得先說明，因為他們處方上等藥物會另外收費。可這兒的護士卻一臉難色：「您自己問醫生吧。」

我陪 Linda 走進診症室。那醫生看起來不過二十八、九，頗為俊俏，戴著大大的口罩，鼻樑上是一副方框眼鏡，一看就知道是個讀書人。但他臉色蒼白，看起來比病人病得更重。完成了簡單的檢查，他說 Linda 不過患了傷風。我等他甚麼都做完了，很客氣地問：「醫生，我們可以負擔比較貴的藥，請問……」他猛然抬頭，眼睛閃出一點不大友善的光，不悅地打斷我的話：「你這是甚麼意思？」

我有點意外，就向他解釋：「是這樣的，我看醫生的地方，有這種事前說明要上等藥的機制……」我發現自己好像犯了罪似的，竟然得支吾以對。他聽後更火了，但也明顯地努力忍耐著，一字一字地說：「如果真是這樣，你看的那些醫生就有大問題了！我們是根據病人的情況處方的，絕不依照藥的來價開方！」

這次輪到我生氣了。「你看的那些醫生」就是我們大學診所裏的醫生，全是我的同事，他們也非常專業，但常常被學生喚作「獸醫」。為甚麼呢？是他們的醫術不夠好？絕非如此，那是因為學生交上的診金不多，醫務所只能給他們一些平價藥；若非如此，難以經營。這些藥的副作用比較多，體弱的孩子服了，有在飯堂睡過頭忘了上課的，也有胃痛的。老師們的經濟條件比較好，看醫生都寧願多付點錢買上等西藥，開口就行。於是我向面前這位年輕大夫說：「我們學校的醫生是極好的醫生，他們不過是打工的，絕對沒有你說的『問題』。我不過以為你會擔心我的印傭工資不多，付不起錢買貴藥，才跟你說明的。」

沒想到這話讓他失控了。他恨恨地說：「你這樣說，幾乎是在指控我沒有專業道德了！她雖然是家傭，但我決不會歧視她，更不會把不好的藥給她；我自己若得了同樣的感冒，也會服這些藥！」

我怒火中燒。這是誰在指控誰呢？人與人的溝通真的這樣困難嗎？於是我閉口，由得他把話說完，就和 Linda 默默離開。回到家裏，忍不住向家人激動地「報告」一遍，憤憤不平。豈料爸爸說：「他要工作到深夜，太累了。」振榮也說：「他讀醫讀了半輩子，卻得在這樣的街坊群中處理傷風感冒，如今還來了你這問長問短的人，也難怪他滿肚子冤氣。」我聽了，記起剛才偶然瞥見的那行小字：香港大學醫學院內外科全科畢業……聽說高中要拿到兩三科優等成績才能考進一等一的醫學院……但我也覺得枉屈嘛，我不過想為 Linda 找一點好藥……

我告訴自己不要再糾纏下去，這太累人了。倒在沙發上，我把剩餘的半個電視節目胡亂吞進肚子。工作了一整天，我也要休息休息。但我心裏還是放不下那位懷才不遇的年輕醫生。我實在不明白：這樣簡單的查問為何被理解為「攻擊」？我不知道。可能，我看電視的時候，他還在吃著護士買回來的半冷飯盒，等待下一個打噴嚏的病人推門進來，等待十一點，等待人流逐漸稀疏的港鐵車廂。在那裏，他和所有值夜的「打工仔」一樣，會在鋼鑄的空間裏歪著頭打盹。雖然如此，我還是覺得無辜受辱、肝氣鬱結，被冒犯的感覺纏繞不去。看來，他和我，或者每一個香港人，都該找個真正出色的醫師把把脈了。

色色之間

帶我去旅行是注定要浪費金錢的。我總是和平時一樣，迷迷糊糊，不辨方向，會被騙財，會買不該買的東西，耗費再大，還是會覺得吃不好、睡不穩，白天擁著被子不願上街，晚上躺在床上不要睡覺。回到香港家裏，我記得的都是些不重要的東西，而且得到的印象也跟別人的不一樣。例如我會注意到荷蘭的女孩子雖然又高又瘦，但低腰褲子的皮帶上露出的總是一圈不薄的脂肪。我們家自此稱這個做「荷蘭圈」。

(一) 積木色的阿姆斯特丹

但整體來説，我是十分喜歡阿姆斯特丹的。我喜歡這個城市有一點點髒，一點點亂，一點點高興，一點點俏皮，一點點老。我喜歡她路旁那些三四層的舊房子。它們像一些擺放不穩的玩具屋，不是往左右傾斜，就是鞠躬一樣向前頷首，好像站著睡去的矮小老頭兒。牆上的那種白，有小丑臉上的脂粉質感，框架條子塗上的赭紅和亮綠，卻直是積木玩具的誇張和熱鬧。我們看小屋，總要連著旁邊的一起看，才看得出它們原來是歪歪斜斜地互相挨擠著才能維穩的。

阿姆斯特丹是一個給許多小河切開的大城，小河就是街道。我們「上街」，若非坐船，就是沿河散步。觀光船扁扁的像一隻小蟲，用圓拱形玻璃罩蓋著頂部，據船長/船公司老闆/導遊或甚麼的那位大叔說，如果不蓋住，浪花就會給撞上來，而河水基本上就是大家的尿尿和洗濯用過的污流。河底每天撈起許多噸垃圾，大多是給解拆了的自行車肢體。大叔有說有笑的，對政府一點責怪的語氣都沒有，我們也笑，笑了整個觀光時段，然後自言自語說住在香港其實也不太壞。

阿姆斯特丹有一千二百萬輛自行車，走到街上，只見銀光閃閃，千輪運轉，真是奇景。青年才俊穿著西服，行政女孩一身套裝，大學生讓書本躺滿籃子，老人家把包包綁在屁股，全都能夠一躍就踹上腳踏，開始在馬路上飛馳。據大叔說，阿姆斯特丹每天失竊的單車多得驚人。沒有阿姆斯特丹人會花錢買昂貴的單車，但每個騎士都知道要用很多很多錢買兩把好鎖。為甚麼要兩把呢？因為前輪和後輪都要鎖上，這樣，賊人才會嫌麻煩，挑另外一輛來偷。如果只鎖上一個輪子，小偷會把單車打中間敲開，賣掉部分零件，其餘的東西就扔進附近的小河去。聽起來專業得很。

阿姆斯特丹的二星酒店充滿了尿溺味道，怎樣沖洗都不走。但是，他們頗為講究，會把洗頭水和洗身的梘液分開瓶子來放。德國那些清潔光亮的小旅館則只會老老實實給你一大瓶東西，上面寫著「洗頭、洗臉、洗身用」。女兒說，哈哈，果然是德國人，實際而老實。走在阿姆斯特丹的小巷裏，你會同時聞到大麻和薄餅的味道。我們穿過小橫街，在一個碼頭旁邊找到了那個工廠一樣的建築物。那是現代設計展覽館，也是我們來阿姆斯特丹的目的之一。看了半天，很滿足地往回走，一隻大紅大綠的中國畫舫赫然出現在眼前。走近一看，原來是個中餐館（價錢真嚇人）。可是，那裏面還有一行小字，叫我們捧腹大笑:「此船仿照香港的珍寶海鮮舫建造」。

梵高的展館和林布蘭特的故居當然不可錯過。看著梵高很辛苦才寫出來的漢字和林布蘭特極短的睡床（那時代的人怕腦充血，都是半坐半臥著睡的），我更喜歡這兩位老外畫家了。我知道，只要看看我的毛筆書法和電動按摩椅，他們都會跟我變成好朋友。

(二) 象牙白，華髮巴黎

如果說阿姆斯特丹是個色彩斑爛得像童話故事一樣的城市，巴黎大概是一張複雜透頂的立體黑白照。已經不是第一次到巴黎了，被高度抬舉的香榭麗舍大道已經逛過了，賽納河的觀光船坐過了，埃菲爾鐵塔上過了，我們這次選擇坐在高高的平台上和尖尖的塔頂打招呼。夏天，一直往深夜侵佔的日光雖已顯得稀薄，但整個巴黎還是盡收眼底。一個兩歲的小女孩在大石階爬上爬下，學習走樓梯。她爸爸伸出兩臂，幻影式的左右攙扶。不能碰她，因為她會生氣；不能不在旁侍候，因為她會跌倒。巴黎也是不能真碰的，可不能不看看。

以前的巴黎人不大肯說英語。上一次到巴黎竟然住進了醫院，那些醫生就聽不明白／不願聽我咬牙切齒地（因為當時很辛苦）用英語描述病情，讓我食物中毒（那一頓是在意大利吃的）的肚子痛了好久。現在的巴黎青年人卻很願意開口講海峽對岸的語言。聽說那是因為不會英語的人根本找不到工作。我就在威爾斯的旅館裏碰見幾個法國去的見習廚師，他們說只有渡過了英倫海峽，才掙得到好工資。巴黎餐館裏的大男孩當然也會說。他很英俊，真是漂亮得人間少有。我們給他照了相，還答應把照片電郵給他。他看過了數碼機上自己的俏模樣，明顯非常滿意，千叮萬囑我履行諾言。回到香港，我把照片送了過去，他卻一句回覆都沒有，不知道照片的下落。如果是我，我會說句謝謝你。

我還是要說說羅浮宮。人人都聲稱不喜歡貝聿銘的玻璃金字塔，我卻喜歡得不得了。如果沒有這個入口，那外面的老百姓怎樣把腳伸進晶瑩水池的藍天裏浸？煞是奇景。我們到巴黎，本來只有一個目的，就是進美術館。可惜羅浮宮內的旅行團人流只會滑過羅浮三寶，把過道擠得水洩不通，甚麼看畫的情懷都消淡了。女兒是修美術史的，她帶我們去看別的畫家。可惜，羅浮宮的管理層太懶惰了，不像大英美術館那樣讓藝術品輪流出場，掛畫、解說都恭恭敬敬;羅浮呢，反把真跡兩層三層地堆在牆上，上層的傑作根本沒法看清楚。羅浮收費也很貴（不像大英只放一玻璃箱子，讓進來的人「自由奉獻」，可以進進出出好幾個回合，不把畫看完不回家)，一旦進羅浮，誰捨得出來？於是我們從早到晚就在那裏面逛，連午餐都在裏面吃。可是，也因為每一層都看，我們才發覺他們的管理工作實在差得叫人搖頭。一次走過樓梯角的小房間，電燈泡不亮了，卻沒有人更換。在那黑暗的無人理會的角落裏，竟然也掛著幾張十分重要的作品，女兒一看是自己的心頭好，就很生氣。我們知道法國藏著無數佳作（比大英多得多了)，但是，這樣對待藝術家，也讓人感到不愉快。同樣，我們希望羅丹館的雕像與雕像之間，有多一點點的欣賞空間。(我們當然也祝願香港的美術館千萬不要只具備空間。)

地鐵裏的巴黎，沒地面上的那麼臭，但狗屎還是有的。我們看見一個少年人帶著巨大的狗進入地鐵，前者跳過閘機，後者鑽過去，動作配合得天衣無縫，也沒有人理會。我們一次坐在頭卡裏，正在說笑，忽然車廂已經駛進了站台。車子打開門，停了好久，理應關門繼續前進，但是它一點動作都沒有。良久，我們才看見司機從駕駛室施施然走出來。車長不是應該穿著制服的嗎？怎麼會是一身汗衣牛仔褲的呢？他也不理我們，打開所有的車門，自己就跑到站台上的小房間去。去幹甚麼？我們伸長脖子，通過小房間的玻璃窗，看見他正在泡咖啡。列車終於再開出，已經是幾分鐘之後的事了。巴黎浪漫自由，可見一斑。

（三）綠精靈的嘆息，美哉威爾斯

是次歐遊，大部分為了兩個主修美術設計的孩子，小部分為了我。我是來看牧師詩人托馬斯（R. S. Thomas）的故鄉威爾斯的。我們從巴黎坐火車到了倫敦，再從倫敦繼續火車旅程往西走，來到威爾斯首府卡迪夫。卡迪夫不是大城市，沒有很多家麥當勞，但有一個古堡。那些日子天下著雨，我們租了汽車，冒雨沿著海邊走了一回，又往英格蘭的德雲郡看老朋友去。再回到威爾斯，忽然覺得逗留的日子不多了，還未開始旅程就充滿離愁。

整個威爾斯都是亮綠色的。車子走在路上，有一種用幼棉繩分開糭子那樣的粘稠感覺，風景的密度須要濃厚的感情來消化。那種綠，不像香港夏天那種磨手的、粗細不一的亞熱帶綠，也不像瑞士那種嬌小玲瓏滑溜溜的玩具綠，而是一種毛茸茸的廣闊青綠，大面積地密鋪了平滑的山谷和峰巒。昂首縱目，眼前的天空似乎特別開朗，就是雨雲，也格外地高，遠處的三角洲，小得像眼睛的細緻的魚尾紋。站在威爾斯任何一個山頭，你都會覺得自己活在一個給河水濾過的廣角鏡中，清潔，但憂傷，接近天空，但也離它很遠，被大自然緊緊擁抱著，卻又承載不了這麼綿密樸素的大自然。想到托馬斯每天都在這種環境裏遠足、觀鳥、默想和禱告，並且完成了他的大量佳作，更在八十歲後寫出世界一流水平的作品，不免怦然心動。他寫農民埋藏在這種地方那全無變化、全無省思的一生，字裏行間充滿悲憫；但每次提到威爾斯將要被英國大力發展為旅遊區，卻又憤憤不平，甚至胡亂講話，説甚麼為了保住傳統文化，炸死些遊客也沒甚麼等等，惹怒了英國人。其實這不過反映了詩人心情矛盾。大自然，是托馬斯的靈感資源，但清晰啟動他思考能力的竟是英格蘭的精微敏細；那些圓臉大眼、真正融入大自然的威爾斯農夫，必要時努力幹活，機會來時只想搞好經濟，實在比詩人「大自然」得多，卻顯然和他格格不入。

第三天，我們北上再往東走，來到威爾斯和英格蘭的邊界尋找世界聞名的書城 Hay-on-Wye。Hay-on-Wye 又稱為 Hay-on-the-Wye，Wye 是那兒的一道河水，譯作「淮河」、「渭水」都有侵犯版權之嫌，翻成「威河」卻有點馬虎和俗氣，不如不譯。Hay 本作乾草，有人解做「圍牆」，不知何者正確。反正 Hay-on-the-Wye 就是坐落在河上的小鎮，不如就叫它「小河鎮」吧。此處每年六月均舉辦文學節，吸引世界各地有名作家和大量讀者。鎮上清靜迂迴的街道旁邊，若非住宅，就是書店。此鎮不大，很快就能走完，但書局數目竟然多達數十家，比例冠絕全球。Hay-on-the-Wye號稱全世界最大的二手書市場，此名不虛。我們甫下車，就看見一家屋子的牆上畫了一張整幅牆大的海報，寫著「詩歌」，然後是地址電話等資料。我們找了幾條街，走過了無數的書店，終於看見一家樸素的店子。往裏面一看，天哪，木書架上全都是詩集。在外國，這樣的店子一點不算大，但比之於香港書店的鋪面，已經大幾倍了。店主人找來了我要的許多本托馬斯詩集，又帶我順著樓梯往地下室走。木造的樓梯旁邊依字母次序放滿了世界各地古今詩人的作品，有些已經很舊。他悉心為我介紹，我卻有點透不過氣來。我實在沒有能力把地下室走完。詩和畫的世界實在太大了，看著就讓人自覺渺小。我覺得自己總要先拿走一些，先擁有一些，於是趕忙付了錢，頭也不回地抱住書袋逃跑了。不過，我對那位長頭髮的店主人説過我要把他的店子介紹給香港的詩人。資料如下，請大家記牢：

Chris and Melanie Prince

The poetry bookshop: hay-on-wye

Ice House, Brook Street, Hay-on-Wye HR3 5BQ

+44 (0) 1497 821812

info@poetrybookshop.co.uk

http://www.poetrybookshop.com/

歐遊到此完結，最前面的法蘭克福和最後面的倫敦，不是沒有良辰美景，只是我不想多寫。法蘭克福（Frankfurt）又名「錢莊」（Bankfurt），雖帶銅臭卻還有一道美麗的大河穿流而過。倫敦也一樣。雖然都美，但一是時差未曾適應，二是臨別歸心似箭，我更想念維多利亞港。旅行之後某一個晴朗的星期天，我們從梅窩乘船到中環，打算再從中環坐天星渡輪到九龍去，換船時看見參差華廈都滲出淡黃的陽光，忽有驚艷的感覺。這真的是我們的海港嗎？午後漸漸變成金色的陽光裏，我忽然醒轉。從歐洲回來，日子過得特別快。原來已經一年了。

有幾件事

有幾件事，對我來說是相關的。那是做夢、寫詩和禱告。

夢的狂野、坦率和深入，常教我驚奇不已。夢中的我，逗留在某種時日和某些境地之中，以一種濃密的情感方式存活著，像一條不慎跳離了水面落在岸邊的魚在喘氣。我無法不感到某種強大的、關乎生死的嚮往在體內形成——向著不遠之處一片閃動的水。夢的終點卻不是水，是另一堆沙土。所以我很多時是哭著醒來的。

詩又是甚麼呢？可能就是那一片水了。有些感覺，我在散文中不會寫、不能寫也不敢寫。表達的意欲，同樣向著身邊某個神秘的湖泊。那是詩，深不可測地搖動著、回應著粼粼的天光和天使的耳語。一旦找到了詩，許多感覺就不再躲藏了。只恨有時水光瀲豔而咫尺天涯，我努力擺動著尾鰭，卻只撥動了更乾燥的飛揚塵土。無詩的日子同樣是個噩夢。

禱告則是一道門，有時滿滿開著，好像從來沒關上過。有時閉上了。裏面人聲笑語、歌樂飄揚，與此地雞犬相聞，門縫透露出動人的光芒，門卻鎖著。每次站在門前，神往的方向同樣給固定下來，口渴劇烈地燃燒，所有感覺重複強調著魚和水的距離。故鄉的標識是難以錯認的鄉音，轉念之間，我忽然發現自己正說著別國的語言，習非為是，以致失了身份。憑聲開啟的門或許仍在等待。可惜我依舊是一條愚蠢的不會扣門的魚，只會不停扭動著身體，希望藉著一次意外的跳躍，回到水中。

我常常忘記水是會自動漲起來的。噩夢與無才、門外的等待，也必在定時到訪的潮汛中成為過去。

冤枉路

舊約聖經《箴言》說：「美名勝過大財。」英國靈修大師章伯斯[1]樣詮釋這一節經文:「所羅門在這兒說的『美名』指的是『人格』，不是名望。『名望』是別人對你的評價，而『人格』卻是獨處時真正的你。一個人品格的真正意義，端在此處。」依此，我實在沒有甚麼品格可言。

小時候我想，所謂品格大概是指具備「對錯」的意識吧。只要行事為人做得對，就是有好品格了。但原來這也並不容易呢。記得媽媽說洗臉之後要先把毛巾用肥皂搓揉清潔、浸入清水、用力擰乾然後晾得方方正正的讓它風乾，

1 Oswald Chambers（1874-1917），蘇格蘭著名基督教牧師，靈修大師。

否則會細菌叢生。但我太懶惰，嫌麻煩，幾乎每天都隨手一鈎上就跑去玩了。但我清楚知道這是不對的。那是我第一次感到自己做錯了，可是惰性太強，「心靈願意而肉體軟弱」[2]，沒去改過，小毛巾漸漸變臭，不久就得換掉。

一次錯了而沒有嚴重後果，錯事就陸續有來，而且越錯越大、越錯越多，越錯越離譜；我陽奉陰違、文過飾非的技術也越來越爐火純青，很快就成了老師眼中的乖孩子。瞞過了，心裏卻不安，有時會立志改過——但改過，最好落實於大時大節大日子（隆重其事嘛），例如九月一日。但新志向甫出現就開始凋謝，漸漸消失，幾個月後，又忽然在元旦重生，繼而再度枯萎。像小朋友浸發的綠豆芽，從來沒有長成植株的，更遑論結成豆刀、吐出果實了。可是那時的我總認為只要自己長大一點就好，長大一點自然有能力改過，我一點不焦急。

少年時代，我一面希望把錯的定義收窄至「殺人放火」，一面無法控制地向著「殺人放火」的方向走過去。那時我認為遲到不是錯，只是閃失，而對方的同樣遲到自然能夠抵消我狼狽趕來連連道歉的「樣衰」。那時我認為

2 此語來自新約聖經《馬太福音》26 章 41 節。

不交學校作業不是錯，只是作業佈置不合適，算起來，學生少做一份，老師少看一份，豈非雙贏？只要我能考上大學就可以抹掉一切、從頭再來。上了大學，起不了床上早課沒有錯，那是身體狀態不佳連累我，也是安排八點半課堂的諸位教官不人道。應該溫習時我總要在圖書館睡覺，我沒有錯，因為一切後果責任我自會面對承擔，但當時我很少聽見有大學生要為懶惰負責的，因為懶惰既是常態，大家很正常，我自然再正常不過了。

有了成人的權利和權力之後，錯誤更排山倒海地湧過來。我發現我的驕傲一旦凝聚就無法化解（哪怕我看不起的只是個最討人嫌的同學），我的物欲一旦啟動就無法停下（哪怕我迷戀的只是一支好看的原子筆），我的偏見一旦形成就無法糾正（哪怕我恨的只是個不認識的傢伙），我最會「憎人富貴厭人貧」，當然也經常容許自己變得嫉妒和虛偽，肆意地自私自利，錯誤堆裏當然包括我當年以為一旦長大就會自動消失的「懶惰」和「諉過」等等內置功能。最後我還會用一句撒賴的話來總結：人就是這樣的了。我自然還沒有膽量具體地殺人放火，但我不能說我不想。我想殺的人多著呢，何況點幾把火？如果我所接受的新年祝福都能實現，那一張寫著「從心所欲」的揮春一定成為老練的血滴子，「萬事勝意」那一張就更可怕了。

可是，糊里糊塗地，我竟成為老師了。每次我問學生為何遲到的時候，心裏不免有點虛怯，想起當年的自己。我不能不接受現實：我必須在誠實與榜樣之間的狹窄隙縫中尋找老師的位置。愛默生[3]說：「人的際遇乃其品格的果實，人之友群乃其魅力之所在。」(《命運》) 這話深深震動我。如果說我當老師有何優勢，我相信只有一種：那就是我比較容易原諒我的學生，並且感到今天的年輕人還是很有希望的。當我指著個人生命的地圖，把自己走過的冤枉路用紅筆標出，幫助學生從那複雜的路網中檢出一條狹窄的直線（或只記住一個大略的方向），我所犯的一切錯誤，除了教我在上帝面前日日謙卑悔改之外，就更有一點另類的積極意義了。

---

3 Ralph Waldo Emerson（1803-1882），美國十九世紀散文家、詩人。

鄰舍

香港人很少和鄰舍交往。在升降機裏碰上鄰人，至多點頭示意，或道句早，談不上感情，更說不上愛。聖經裏「愛鄰舍」的要求，似乎有點過分。

但是，只要這些人裏面有一個幼童，大家就有話題了。抱住孩子的母親會說：「叫叔叔啊！」「姐姐上班嗎？」而你聽了，也必回應：「是啊，小妹妹開始上學沒有？」

我想說，香港人並不真的很冷漠——在這個擁擠的城市裏，我們的沉默，很多時其實是為了保存對方的空間，表達自己的退讓。這是禮貌，也許更是需要。原來垂頭不語、視而不見的背後，是一番好意。看透了這一點，我們就不怕發出第一個微笑了。

鄰舍，顧名思義，就是同屋而居或住在附近的人。擴而充之，鄰舍就是鄉里、同胞，甚至人類、大自然、外星人（如有）。《聖經》教導我們愛鄰舍，並不是沒有具體指引的。愛的方法，就是愛人如愛己。

愛自己，我們就會想盡辦法讓自己健康、愉快、成長（這些都是人的權利）。愛他人，同樣就是竭盡所能使對方健康、愉快和成長（此乃人的義務）。因此，我們會在停車的時候把引擎擰熄，會節約用水（反對大學迎新時打水戰！），好讓別人也能享受健康；我們不吐痰、不插隊，不行騙、不在公共場所高聲吵鬧，不發動戰爭，不做乖離公義、令人生氣的事，讓別人也能享受公平公義，愉快地度日；我們興辦教育，建設文化，讓別人也能在道德意志、思想深度上成長。這就是愛了。

愛的實踐，是通過接受愛和自愛的經驗來成就的。如果從來沒有經過愛自己的階段，或感受過外來的愛的觸摸，我們就無法愛親人、愛鄰舍了。中國人說：「老吾老以及人之老，幼吾幼以及人之幼」，原來要去愛，先要喚醒同理之心，推己而及人；這是經驗之談，與聖經的「愛人如己」不謀而合，更是巨大的智慧。

百年千日，我在其中

── 獻給一百歲的母校香港大學

香港只有一所英式大學，那就是港大。港大是個充滿矛盾的地方：你可以選擇蹲在圖書館內靜修幾年，練無敵內功，也可以窩在宿舍裏接受集體的洗禮，修善群之術；前者遵守高線校訓「明德格物」，後者踐行基層原則「搏盡無悔」。是以宿舍叫做「舍堂」，舍友叫做「兄弟」，同班同學卻可以「熟口熟面」而無名無姓（幸好我們那一班是例外）；校方甚至設有校規：學生遇上不長進的老師時可以隨時「走堂」，此乃權利。身為宿生，多少英雄豪傑飽受軍隊式的苛刻訓練，體能極好但精神殘障；作為學生，多少脆弱心靈流離浪蕩至不知所措，精神極好但影隻形單。簡言之，大學生活要過得怎麼樣，沒有典型套餐，一切都要自己去爭取。這和中小型大學的「惟恐招待不周」截然不同。在港大，過得了這一時「群性滅絕個性」、一時「四野清冷無人」的艱險關頭，大吉也，畢業後必一生懷念母校，許多港大舊生組隊參加球類聯賽，一個短訊就召來幾十人同枱吃飯，群體生活非常幸福。過不了這一關而糊里糊塗地畢業的話，即使拿個一級榮譽也難稱為真正的港大人。

讓我先回到中學最後一年的那個七月天。高考放榜了，地理老師拿著長尺，在一張大得離奇的紙上比劃。她負責發佈成績，怕看錯，特別緊張。輪到我時，她的尺子按住成績底部，難以置信地問我想進哪一家大學，我説中大。她問為甚麼。我説中大的泳池夠長。當時我是學校的游泳隊員，關心的就只有游泳。她笑了，斷然説：你是不會進中大的。後來我知道她是師姐。

果然我進了港大。進港大與游泳池無關（雖然後來我三年都待在那個只有中大泳池四分一大小的「氹仔」裏——此乃暱稱，不含貶義。中秋迎月之夜，我們泳隊老少必會爬牆進入「氹仔」游四個塘背泳來賞月），乃因我的同學都進了港大，我怕無人照料，也就拿了那張港大的紙來填寫。我平生最怕填表，一看見表格就盡量拖延。到了交表前一夜，我待到深夜才打開來看。但天哪，表上沒有一格我懂得填。想打電話問人卻又太晚了。結果第二天一早抓住幾個「書友仔」，才狼狽寫完，差點丟了讀大學的資格。就這樣，我進了那一家九莉（張愛玲《小團圓》女主角）不想多留一刻的大學。

過了填表一關，我又夜郎自大起來了。我以為自己拿著「中國文學」和「英國文學」兩個「優」，應該有點特殊地位。可沒上幾天課，就給嚇得想哭。聽說中文科班上坐著的六十幾人裏，就有五十幾個 A，我只屬芸芸眾生。英文科的第一次導修連同老師 Mrs Mary Visick 只有五個人，三位名校同學一開口，就是冰山溶解似的英文，各拉丹冬冰川吐出沱沱河那樣揮舞著一整條長江的巨浪滔滔滾過來，我用蹩腳的官校英文支吾以對，早就嚇得渾身發冷、黯然滅頂。

自卑的反應有兩種，一種是急起直追，即是到圖書館懸樑刺股、誓再出頭；一種是另覓出路。那可以是到體育中心跑跑跳跳，於體能的賽道上超前。因為愛玩，我選擇了後者。由於當時好動的女孩畢竟極少，我莫名其妙地成了運動員，天天來往於本部大樓和體育中心，在游泳長跑和打球的空隙中趕到老師面前「亮相」，以免他登分之前想不起我是誰。

本部大樓的教室之中我最熟悉167，它又大又舒服，六七十人坐進去依然輕鬆。當年學生的臉向著外面上課，也即是向著陸佑堂的雙葉大門。如今重訪，只見黑板（其實是綠色的拉布式教學板，類似公眾洗手間循環再用的拉出式抹手布）早已變成光滑的白板，位置顛頭倒腳的，放到以前懶學生躲起來睡覺的大後方。記得何沛雄教授寫得一手極清秀的黑板字，如今老師們的油嘴筆落在閃亮亮的白板上，吱吱怪叫，書法會變成怎樣？

本部大樓是 Main Building 的官方中譯。陸佑堂是大樓內大禮堂的名稱，對外人來說，也是整個建築的代號。陸佑堂乃港大標誌，不光因為她的美（是的，她美不勝收，除了大學堂，香港眾大學加起來也找不到一座大樓有這麼美），更因為她是香港最早期大學生的集中地。本部大樓1912年落成，風格類近愛德華式巴洛克建築，今年剛好一百歲——紅磚牆，花階地，深棕色的木門合抱而響，圓拱頂的大窗扣指聆聽；高達兩三丈的寬大樓層內，處處敷上給反光地面降了溫的日色。迴盪的語音之間，少年男女輕盈飄過，老學者則步步沉穩，一頭花白，緩緩拾級而上，嘴巴緊閉努力掩飾喘氣的聲音。二者遇上了，就都站在走廊上隨意談天。那一次遇見的是單周堯老師（那時候的他卻一點不老，大概剛到三十），他說到一個日本人的論文。那日本人把杜甫「卻看妻子愁何在，漫卷詩書喜欲狂」（《聞官軍收河南河北》）中的「妻子」理解為「太太」而非「妻與兒」，理據是杜甫習慣用老百姓的語言，「子」乃詞綴。我聽了很不爽，就直接告訴老師我反對這樣的看法。老師聽了站在那裏一直和我談，倒背如流地舉出文字學方面的理由反駁他，大力鼓勵我也寫一篇論文。這種學習經歷實在太難忘。

本部大樓乃香港大學歷史最悠久的建築物，是熱心教育的麼地爵士（Sir Hormusjee Navrojee Mody）送給港大的禮物，由紅磚及麻石建成，1910 年動工，1912 年 3 月 11 日落成。如今走上大樓正梯，總會看見那謙和地立於右面的精美半身銅像（聽說有人在夜裏看見那塑像是全身的。典型的港大鬼故事），那就是慷慨的捐贈者麼地爵士。他可不像某些捐款者，一定要人把自己的名字寫在所贈的建築當眼處，弄得校園到處都是陳甚麼大樓、李甚麼學院的，硬是讓受惠的學子反感，太平盛世，陷大學師生於不義之舉，莫過於此。

現在看本部大樓頗為渺小，因她只能容納文學院[1]，我卻因自己是文學院的，格外自豪。誰曉得建校初期的大樓更小，只有現在的一半。更少人知道的是一百年前整所香港大學就落腳於此。開校之時，本部大樓竟然容納了全校的一切設施——辦公室、教室、圖書館、醫療室，甚至理髮室。當時已經啟用的學生宿舍只有「聖約翰堂」，但該堂未能提供足夠宿位，而「老舍」（the Old Halls）中的盧嘉堂（《小團圓》一書開局就描述的地方）尚未建成[2]，於是本部大樓的頂層也設立了學生宿舍。

1941 年，抗日戰爭的火焰燒到香港來，本部大樓更變成了臨時醫院，讀張愛玲的小說散文，可見一二。大家夠細心的話，會發覺大樓前半用的是方形花磚地板，到了後面就換成了六角形的綠磚，光滑如一，氣質卻不同了，而牆身也再沒有紅磚頭，只餘下米白色的粗糙直壁。為何如此？那是因為大樓後半部是加建的。最近回去，發現大樓最南部後梯側的小男廁沒有了，它變成了升降機槽，樓層內本來置放學生儲物櫃的地方，現在擺了個很大很大的

1 幾個月後文學院也要搬走了。

2 盧嘉堂坐落於今月明泉之處，1913 年才建成，今已拆卸。

白色盒子。走近一看，盒子有兩道大門，一名男廁，一叫女廁。學生從幾百變到幾千，又從幾千變為一萬多，大學自然須要不斷擴建，而擴建總教人心痛。那天我們還刻意乘了一趟升降機，還好，沒有尿味。

現在大樓成了景點，人跡處處，就在這個看望老校園的日子，我們驚見三對新人在此拍婚紗照，尚未知道他們是否港大畢業生，一眾同學早已嘆息連連。學府重地，豈可隨便如此？大樓底部光影交錯，浪漫得很，二樓則天色明亮，胸懷磊落。但我們中文系學生最愛流連的，莫過於闃寂無人、日曬雨淋的天台了。當年發現天台開放，在那裏，陸佑堂的金字屋頂清晰可見，角樓更可以走近觸摸，我們樂死了。天台上寬大的空間，是我們向意中人告白、與老友吵架、不時群讀（即一起溫習：由阿茂朗聲讀書，其他擺出各種混帳姿勢或聽或睡）、讓阿標（自然也是真名）排戲、男男女女練習土風舞和拍團體照的地方，沒用過天台小廁所的算不得核心中文系人。

圖書館是用來讀書的——這個概念當然對，但也不全對。如果真的只是這樣，當年的馮平山圖書館理應只有中文系的人在座。何以單身的 U-hall 仔和 Ricci 仔、遠道而來的醫科生和工科生都到此「霸位」？大學生，雙十年華，哪有能徘徊情網邊緣而不刻意墮入之理？七十年代，工科生和醫科生大都是男的，而文學院學生最集中的樓層是四樓——於是此層成了全校漂亮女生聚集的地方，你說眾寂寞男生來呢還是不來？來的，當然還有一眾「Law 友」和理學院的失意男孩（失意大概因為沒考進醫學院）。我一位以美貌著名的泳隊好友，就被男孩從四樓一直追到樓梯底，差點沒給嗆死。至於我們系內四朵金花中最溫柔的茱迪妹妹，就收過法文求愛紙。當時小紙條傳遍一眾中文系男生，我們的大哥阿丁（一位放棄了鋼琴、如今養了七十多隻貓還捐錢到聯合國助養野生獵豹的成功男子）一聲令下，十幾個「大隻佬」霍然而起，向那個寫條子的男孩走將過去，只見他拿起書本抱頭竄走，自此不敢再覬覦中文系的諸位系花。四樓有讀書「格仔」（有「牆」的整套椅桌），各貼著「無面俾」、「勁過」、「旺」等吉祥語（部分更用紅油寫字於白布上包頭）作自我鼓勵，人人鎖眉凸眼嘛嘴咬牙地苦苦夜讀，有每日眼睛不離書頁十四小時者，包括我們班貌似風騷但非常認真的阿牛（絕色女孩一位）。我等懶蟲則不敢經常霸佔讀書格格，只會在「豬肉枱」邊沿坐下。話說豬肉枱龐大無匹，十幾人圍成一圈，讀的讀，抄的抄（最好的筆記來自資料齊全的阿冰，繼而來自書法最優秀的保仔），睡的睡，醒的醒，甚有興味。

不過，圖書館內也有過令我悲傷的事。且說兩件。第一，我遇上點頭之交某英文系同學，走過去和她打招呼，當時不過想問候一句。她的讀書格格桌上放了一疊英文書，少說也有十多本。我隨便拿起最頂上那一本來翻閱。她一手按著，說:「你要看的話，考完試借給你。」我驚愕不已，靜靜離開，以後不再和她做朋友。我的港大好友，沒有誰是這種德性的。第二，我和醫科男朋友同坐讀書，他對我說:「你們文科就容易啦，吹吹水（胡亂說些話）就行了，我們可是要苦讀的。」從此我知道自己與他再沒有共同話題，早散早著。果然，我嫁的不是他。

圖書館的北面是本部大樓，南面呢，則是杜鵑遍野的山坡。山坡以東（你可稱之為東坡），是開著粉紅睡蓮的荷花池。我對荷花興趣不大，倒是那一直往上爬的陡斜面，教我深感興趣。我的老同學大多住在山坡上部的「老舍」裏，尤其那三人大房，我常去「屈蛇」。「老舍」其實叫做「明原堂」，火紅年代，明原堂宿生比較左傾，心紅志熱，只有工程學院的老套男孩（穿白襯衣加 Track 褲和踩跟涼鞋者 —— 此無貶義，我就嫁了類似一個老實人）可比，而反左的醫學院則與之對著幹。明原堂因此也和醫科生聚居的大學堂在政治理念上南轅北轍。不過這都只是籠統的說法，宿生人人性格獨立，例外者眾。話說回來，三老舍的「老」字怎說？原來明原堂由最底部的「盧嘉堂」(Lugard Hall)、中間的「儀禮堂」(Eliot hall) 和最高的「梅堂」(May Hall) 組成，三者分別於 1913、1914 及 1915 年落成，至今近百年，是本部大樓的同代表親，怎會不老？三堂仿效當時多間英國學府，同樣採用愛德華式建築風格。1992 年盧嘉堂拆卸，張愛玲筆下的舍堂生活連個影兒都沒有了，變成了當今的「月明泉」，用來紀念某富人的太太。真是「滄海月明珠有淚」，滄海，畢業生所處的世界也，月明之夜，每念及當年頑皮古怪的「龍巷」(只有強悍男生敢住的底層) 和三座大樓拾級而上、層層矗立的氣勢，能不落淚？

文學院人大多不理世事，談情、說愛、讀書、論道，管他是左是右。我進大學之前，有小學同學的哥哥打電話給我，叫我去做中文學會的副主席。由於虛榮心高漲，我馬上答應了。開學時，果然有人來叫我去 run 閣。你是我的話，也會以為那個人就是那幫人。我於是去參加會議，成為閣員。豈料我參加了的，是右閣，而當初打電話來的，是左閣。真是左右做人難，但會都開了這許多次了，我還能怎麼樣呢？於是我成了左閣的大叛徒、右閣的一分子。這就是我僅有的政治生涯了。我不是說文學院人不理世事嗎？那又何來左右？這樣看吧，最隱逸的文學院依然如此左右有局，其他學院更必火紅火綠了。那些年，只要你站在學生會大樓（現已拆卸了）附近不動五分鐘，背上就會給人貼上大字報。下雨天，地上落葉不及紙墨碎片多。當時雖然也有用箱頭筆的，但以毛筆書寫的大字報不少。那時代，理工醫建法商的學生，誰不大量閱讀文學哲學社會學？我們班的阿茂雖然讀中英文，但他高考時就無端端自己跑去考純數；即使我自己懶得像隻海象，也會因為好奇去讀點科普文。當時的大學生人人毛筆書法漂亮，也是時代的標誌。

要注意的是：大字報的壽命短如政治，文學的影響就久遠得多了。最後，我決定繼續努力創作文學。

說到學生會大樓，人人不忘發叔，他比誰都熟悉學生會的運作；與發叔遙遙相對的是黃伯，他老人家是體育中心的老總，管人管事，學生去去來來，誰最好波誰最粗口他都一清二楚。我沒耽待於學生會大樓，但也總得有地方去呀。老實說，讀大學，除了教室就沒有個落腳點的人，不像大學生。天台，圖書館，舍堂，學會房，學生會，體育中心，好歹有個放下書包的角落才好。那時我因一奇妙的經歷，就委身於體育中心。是這樣的，一天，在圖書館門前遇見了游泳隊的某君，他說：「某某姑娘不肯做泳隊的隊長，你來做吧。」這樣說話，其實非常不禮貌，但我聽了不但沒生氣，反而說，好，我做（單憑此事，你就可以想像當年全大學只有很少女孩懂得游泳）。然後我想，既然是隊長了，怎麼可以游得這麼慢呢？況且我只會游三個泳式，不太好吧。我生平第一次努力上進，就是練水。練的緣故，是要讓自己看來像個隊長。日子有功，一年之後，我成了個人冠軍。當中吃了很多苦，而且看來更瘦了，以致被台灣的警備總部派人跟蹤，此乃後話。先說我不會蝶泳，心感不安，於是請教一位研究院的蝶泳高手。師兄沒教我蝶泳，只要我拿著浮板從腰部開始揮動雙腿。腿要像鞭子揮下，就是力到趾尖而意猶未盡那種揮法。練過這個，又要用腿夾住浮板，雙手齊划。由於兩臂乏力，腰部痠痛，我的膀子其實一直在水平面下打圈。如是者數月。師兄說，拿掉浮板。我感恩戴德，揮去那塊發泡膠，隨手一撥，腿就動了，雙臂出水飛行，我竟然會游不折不扣的蝶泳了！那一年秋天，我打破蝶泳和四式的紀錄。從此我就知道，無論體能、文字、說話、思考，無不需要大量的「肌肉」，而肌肉的成長，又需要大量的鍛鍊。這次的嚴格訓練帶來的成功，改變了我的人生觀。這以前，我只相信天才。

大學每兩年就參加一次 BIG —— Biennial Intervarsity Games，比賽單位是香港大學、新加坡國立大學、馬來亞大學和印尼大學。後來可能因為資源和時間，改為三年一次，成了 TIG —— Triennial Intervarsity Games，更改之時，我剛巧仍在港大，所以兩者各參加了一次。可以想像，我第一次出國、乘飛機就是和大學同學一起出發的，多麼讓人興奮啊。第一次看見水上樂園，是在雅加達。記得男同學們從高高的滑梯溜下之後，人人用手按住屁股 —— 原來比賽的泳褲料子單薄，都磨破了！我們女生馬上用毛巾圍住泳衣才往下滑，安然無恙。我還記得當時大學出了一件 T-shirt，胸前大大地印上了一個 BIG（Biennial Intervarsity Games）字，男生女生人人一件，以此為榮，穿起來全無邪念。如今翻看舊照片，連呼哎喲不得了，如在今日穿此紅衣上街，必死無疑！

參加過這些比賽，組團到台灣或大陸就沒有困難了。記得當時我已念研究院，泳術稍退，但還跟著學弟學妹們到處跑。那一次到廣州，天哪，泳池水是甘蔗汁模樣的

(只是不甜，更帶著泥味)，游泳時當然看不到池底，更遑論看見線道了。我們就在那賽道上「之」字式前進，輸得一塌糊塗。台灣呢，好多了，游泳池很亮也很藍，和香港的一樣。可惜，我玩得不開心，因為那兒有一個瘦瘦的警備總部傢伙，扮作接待我們的人。他竟然以為我是大陸間諜，一天到晚都跟著我。估計我有兩點使他懷疑——第一我會講普通話（原因是中文系老師有用普通話教學的）；第二，他認為我瘦瘦小小的，根本不像運動員（我的隊友可高大啦)。一天，他甚至走過來，用手掂掂我的臂膀，道：「你會游泳嗎，不像耶。」即使我在他面前參加比賽，他還是偏執地監視我。他壞極了，竟然還去找我的研究院台灣同學（他來港大讀牙科），查探我的底細，幸好同學是高級國民黨員，把他罵了個狗血淋頭。此等有趣事情，今日不會再有的了，謹此做個紀錄。

一大隊人在亞洲各處跑，當年就只有港大能提供這樣的機會，我想起來滿心感激。一旦在外，就再沒有利瑪竇宿舍和聖約翰書院或大學堂的仇口，只有同心同德的香港大學、甚至香港了。我很多好朋友，甚至我的伴郎、伴娘和丈夫，都來自泳隊。當年因為要和之前的男朋友（就是說文科生吹水的那位準醫生）分手，心情痛苦，那段艱難日子是泳隊好友陪我度過的。想起那一年，就無法不提提港大最美麗的後花園了。在我眼中，那就是「大學堂」（University Hall）和旁邊的薄扶林水塘了。U-Hall 原名杜格拉斯堡，1860 年由蘇格蘭富商 Douglas Lapraik 出資興建。1894 年巴黎外方傳教士於此成立「拿撒勒出版社」，1953 年才由大學接管，現與本部大樓一樣，乃香港法定古蹟，她的外貌糅合了都鐸及哥德式建築的華麗風格，幾部香港電影都於此取景。很多人都知道 U-Hall 有精美古雅的螺旋式金屬塑花樓梯，但曉得坐在大學堂的陽台上看大海、看南丫島和美不勝收的日落者，就只有那兒的宿生了。那一年我和男朋友分手，就多得兩位 U-Hall 的兄弟照顧，看過那邊的美景。那一黃昏，南丫島剛遇上大山火，我們都很惋惜。不過，看著那一條火龍炎炎舞動，胸懷得以擴大，我竟能忘記感情上的傷心事了。又有一回，我們從大學堂乘車去到中環，坐在卜公碼頭通頂喝汽水。第二天，回到大學堂來，冒著盛夏驕陽就往薄扶林水塘走。年輕時即使一夜未睡，我們還是有力從水塘走到扯旗山（太平山）頂，又走回來。那些年，薄扶林水塘到處都沒有欄杆，我們可以坐在塘邊胡謅，餵魚，捉魚，拋石頭。小水壩那邊最美，可以濯足閒聊，一坐半天。聽說 U-Hall 一年生經常被迫於黑夜裏量度繞塘大半周那小徑的長度，不得有誤。U-Hall 男孩擅長曲棍球，學長會教大家帶同球棍才出動，以免遇上蛇蟲鼠蟻或兇惡匪徒。薄扶林水塘是港島最美的人工湖，水是半透明的帶藍碧綠，平滿無波，各種大樹垂頭自顧，根絮緩緩擺動，天空把最溫柔的光灌注於水中，看著就使人迷醉。從太平山頂往下看，眼前如同有人撥開漫山遍野的參天大樹，露出一片小小的蘊光碧玉。有人說港大的後花園是藍瓦灰牆的古中國建築群柏立基學院（接待外賓的高級宿舍），有人說是校長的「裝飾藝術派」府邸，你若問我，我一定會說那是大學堂和薄扶林的波光雲影。

港大數年，一生記憶。正值母校百年，好想串起一些只屬於某個年代的發光碎片，免得記憶在回溯的過程中晃蕩難持。從正門走到後花園，從本部大樓那棵巨大的鳳凰木到薄扶林水邊的數朵小黃菊，我的眼睛撿回了許多大大小小的具體細節，同時想起了與我一同年華老去的系中知心友、水隊好兄弟。願港大欣欣向榮，謙卑如新葉，矗立似高松。從 1912 向前看，七十年代的我們沒為港大做過甚麼；從 2012 往後回顧，港大送給我們的美事卻多不勝數。謹以此文獻給我所有的港大師長和好朋友，以及全部的學弟和學妹。

外邦人

「萬軍之耶和華說：從日出之地到日落之處，我的名在外邦中必尊為大。在各處，人必奉我的名燒香，獻潔淨的供物，因為我的名在外邦中必尊為大。」(瑪拉基書 1:11)

每次讀到這樣的經文，我都會捏一把汗：我是外邦人，本該落在救恩的臂彎之外。

我的民族，不是獲揀選的民族。我們讀的聖賢書，教我們「敬鬼神而遠之」——遠遠拜神理所當然，對鬼也得恭恭敬敬。這是我們文化中切實的有機部分，所以我也曾遠敬鬼神。我們的文學家寫的都是興衰之嘆、愛恨之情，較少觸及生死之謎，所以我也曾認為自己一點不怕死。「天若有情天亦老」，我們的「天」冷漠無情，至多偶爾表態，為天下的不義來一個六月飛霜，卻絕不會為我們捨命抵罪，但我覺得這樣的主宰才算得上「酷」、才稱得上「有型」。我們每年為一個自憐自殺自我中心的詩人鑼鼓喧天地舉行龍舟比賽，因為我們的潛意識中也有同樣的自憐自殺和自我中心。我解釋：我是中國人，居中之國、居中之人；在我之外，一切都無關重要。

可是，一旦離開了華山夏水的主軸，我就成了外邦人。創造天地的上帝沒有選中我們。我們一出生，就注定沉淪。無論是莊子的浪漫逍遙，還是孔子的仁厚沉鬱，都無法突破罪惡設定的疆界：我們是「外」邦人，雖然比許多民族更有智慧，我們還是被揚棄在上帝的恩典之外，不斷誕生、不斷成長，然後被「永恆的毀滅」一口吞噬。我們不服氣。數千年了，我們沿著對錯的感觸一直往上溯，終於找到了良知。我們開始以良知為神。良知向著正確的方向探源，但沒有提供從善去惡的力量。所以我們正義，同時看不起人；我們上進，同時野心勃勃；我們浪漫，同時充滿色欲；我們以「流芳百世」為生存的目標，同時好名而善妒。良知帶我們走上征途，而非正途。良知發射出去，向著一個虛無的鏢靶。

但有一次，祂來了，用自己的肉身，擋住我們殺氣騰騰、胡亂飛舞的鋭鏢。鮮血滾滾而下，但鏢鋒的傷害到此為止了。當我知道，祂就是我良知的歸宿時，我的身份突然明亮起來：我是外邦人 —— 相對於天地的中心軸，我一度漂離很遠很遠，身處邊緣這真相，叫我感到哀傷、憤怒、被遺棄。但我的良知已經和祂的心緊緊結合在一起；我穿越地理、歷史和祖先的掙扎，看到了救恩的深度和幅度。外邦伸展到甚麼地方，祂的憐憫也必定相隨。只要我們願意，我們的生命必能馬上進入宇宙的核心，帶著外邦人的驚奇與不配、並愛子的恩寵與光榮。

幽默和刻薄

我常常想，幽默和刻薄到底有何分別？為甚麼兩者帶給我的感受那麼不同？幸好我身邊兩種人都有，讓我看出一點點端倪。

刻薄的人，總想引人發笑，笑的是他人的愚昧，以顯出他的聰明。幽默的人，也喜歡引人發笑，笑的是世界的糊塗可愛，因為他欣賞這種趣味，想與人分享。

刻薄的人，對世界充滿仇恨，覺得自己永遠是對的，說話刺中他人要害的時候，心裏充滿報復的快感；幽默的人，覺得世界充滿享受點，知道自己也有不對的時候，說話擊中要害（他人或自己）之際，彼此依然和睦，大家笑完了更開心，也更長進。

刻薄的人，與被嘲笑者劃清界線，因為後者是笨蛋、壞蛋，自己則是清醒的好人；幽默的人，與被取笑者同一陣線。他知道自己和別人都有糊塗惹笑和無能為力的時候。

刻薄者多言，針針見血。他人的血，是他繼續刻薄的汽油，他喝了會上癮。幽默者也多言，但點到即止，止住血淚，才騰得出歡樂和省思的空間。

刻薄的人討厭小貓小狗小朋友，會用很多難聽的形容詞來發洩對他們的厭惡。幽默的人喜歡小樹小花小孩子，會用對人説話的方法來表達對他們的喜愛，甚至把小動物看作人。

刻薄者要有極大的學養，才可以刻薄得有力度，刻薄得有趣，刻薄得到點，刻薄得叫人過目不忘——如錢鍾書。幽默者不必很有學問，平常人也，隨時在你身邊化解怨氣，貢獻在感情，不在學問。

刻薄者少，但很容易成為焦點，因為他們呼應人心裏的恨，而且他的刻薄話一説完，讀者聽眾馬上覺得自己進步了、變得「更」聰明了，於是埋其堆，引其話，粉絲一大把。幽默者多少不知，因為他們比較隱藏，且容易與群體融合，難以突出自己，但他有很多真心朋友。刻薄者或能稱為智者，幽默者或能成為仁者；但最後還要看其智慧和深度。

刻薄者自義，幽默者自信。刻薄，有市場，會是第一流博客；幽默，有朋友，會是第一流伴侶。

刻薄者講話，全場笑；幽默者演説，同樣，全場笑。笑完散場，刻薄者孤獨回家，其粉絲拿著他簽了名的著作，一陣興奮之後，也孤獨回家。這時，幽默的人正和朋友嘻嘻哈哈去飲茶。

羅進二的書包

和家人到影都戲院看《歲月神偷》，買的是美孚「影都戲院」的電影票，還是當年那種薄紙印刷，位子編號用小朋友的蠟筆手寫的票子。（本文編輯成書之日，「影都戲院」這個連接西九龍和新界西的地標已經拆了，電影票我還保存著。）這張「戲飛」，正正應該放進羅進二的書包裏。羅進二的書包，是小小的記憶博物館，不住演出的生命舞台，放著許多已經消失但無法淡忘的東西。看完電影，我沒有流淚（前面的那位太太卻哭了很久），但胸口卻滿滿地脹著，一直脹到晚飯後，仍覺得戀戀不捨，只好打開電腦記錄自己的心情。

《歲月神偷》的故事很簡單，血癌加上死人，死的還是非常英俊的「拔萃仔」—— 如果只看大橋段，一定覺得它老套。但是，電影的表達一點不老套，其優勢盡在細節。整個作品最震撼人心的畫面，就是爸爸媽媽一起用盡力氣抓住屋頂的那一幕。我看著看著，就感到香港市民一路走來，竟是如此的頂天立地，那種強烈的象徵意義，那種只屬於老百姓的無名悲壯，讓我忽然迷上了任達華和吳君如。那位爸爸（任達華）說，最重要的是「保住個頂」。不要輕看這話，它非常真切沉重。如果當年的港人不是努力建立、保衛自己家園，就沒有今天的香港，如果沒有對家園的認識和認同，就會被周圍同化，真正的本地文化就不能產生、發展。「頂」是個美麗的意象。我們絕不會讓外來風雨照頭打下，因為我們的心柔軟，我們的家脆弱，我們的親人亟需要保護，有了這個蔭庇我們的「頂」，我們才不致在狂風暴雨中被大洪流捲走。

電影裏，父親望子成龍，對大兒子的要求很高，對小兒子寄望則一般，每天只胡亂問他在學校學了甚麼，又胡亂地聽他胡說。大兒子高大、英俊、成績一流，更是田徑高手，父親把整個家的將來都押在他身上來。小兒子呢，他真實，天真，好奇，可愛，也聰明。對父母來說，哥哥是夢想，必須追求；弟弟是現實，應該接受。哥哥所讀的學校，正好在我母校不遠處，我們經常從太子道走上那道又長又窄的樓梯去鄰校看排球比賽。鄰校就是男拔萃。今天的拔萃是貴族男校，但是，當年的升中試十分公平，政府可不理會你的家底，只看你的成績，因此故事中的哥哥雖然窮，卻憑著優秀的成績考了進去，還拿了兩個獎學金。我從長洲的小學考進鄰近的官中，也是靠政府的獎學金才讀完中學的。因此，每次鏡頭向著那一家學校，我就感到心頭有大大的一個浪濤在湧動。我們的少年時代，也就是這樣玩鬧著過去的，零錢很少，生活卻鮮明亮麗。穿白飯魚跑步，哪個窮孩子沒試過？但當年的小朋友不會彼此歧視，因為那是個認識英雄且能產生英雄的時代。窮孩子只要肯發奮，就可以為家庭帶來幸福，這幾乎是定律。但這位哥哥後來病了，在公營醫護的貪污文化折磨下，度過了最後一段辛苦的日子。父母夢想碎裂，沉痛地回到了殘酷的現實。

故事中的弟弟喜歡偷東西，與其說偷，不如說收集。弟弟的年代，正好就是我們這一代。「偷」並不是那一輩小孩子的常態，而是電影裏的另一意象，導演一方面以「偷」的神不知鬼不覺來描寫歲月的流逝，一方面寫他想留住漸次消失的事物的情感，令人傷懷。那些被偷的物件，都是有特定意義的。印象最深的是那一面英國旗，它很大、很招搖，即使摺起來也極難掩藏。香港回歸了，不再屬於英國，但她受英國管治的痕跡依然到處可見。導演和編劇都來自香港大學，港大，正是英人足印的集中地，英國文化的保育區。我們都是在殖民地上長大的，話語裏經常夾帶著英文字，這也是藏不住的。故事中的基層父母與英語頂呱呱的孩子形成了強烈對比，破爛的鐵皮屋和完美的拔萃校園同樣有著天壤之別，住在山頂的富貴女孩和必須負起家庭重擔的貧苦男孩真心相愛，卻互有保留——這一切，在在是香港的寫照：當時的社會雖然貧富懸殊，但每個窮孩子都有志氣；英國人的奴化政策手法粗劣，人人皆見，然而每個孩子都對中國人的身份充分自覺、百分百認同，當時，完全沒有人進行甚麼國民教育。我們在大學校門説再見，有人會往上走向寶珊道，有人則選擇往下回到西營盤，也有人渡海遠歸貧乏複雜的深水埗。我正是住在深水埗一個板間房裏的，然而那時我們每一個都是那麼快樂，因為社會雖然腐朽，但到處都是機會和希望。

時間過得太快了。我的女兒已經大學畢業四年了，何況我自己呢？那天她回來問我們要不要看《歲月神偷》，因為張婉婷是她宿舍的大仙（senior），她們要籌款。我真希望每一位觀眾都來細看昨日的香港。要知道，今日伸出頭來亂說話的人越來越多，然好像羅、張兩位那樣，為了保留香港歲月的光影，出錢出力地委身創作的人已經很少了。

肋骨的位置

二十一世紀，當男人在不同的權力架構陸續讓出性別的主軸位置，女人卻猶豫了。要不要登上空出一半的寶座呢？但這從來不是女人的夢想啊。畢竟，武則天的工作量令百分之九十九點九的女人談虎色變。權力的引誘，比不上一隻精美的杯子，一本好看的書，更莫說要跟她自己的兒女那純真的笑容相提並論了。今天，女性要強調的是權利，不是權力。

說實話，女人其實一直深信男人不了解她（當然，男人也不見得很了解自己。）思考女人，從不是男人的習慣——除非他突然渴望擁有她。不過追逐的路上他還是不停地猜錯女人的心思，比如說幾年前國泰航空公司廣告裏的「鎖匙扣」誤會，就是一例。當女人抱怨「他連一個鎖匙扣都沒送過給我」，她其實是在說：「連這樣一件小小的禮物都沒帶回來，可見他在外頭時，從未想起過我。」男人卻沒有這種我們看來十分基本的推理能力，他認為鎖匙扣便宜得很，款式也最好由女人自己來挑；鎖匙扣又不是鑽石，何苦為此離婚？如果女人真的想要，他買兩打不難。到他真的送她二十四個鎖匙扣，她肯定會逃得更快。邏輯思維正確的同時，原來男人犯了無以名狀的感情錯誤。為甚麼會是這樣的呢？

也許因為男人一直不須要通過女人來評價自己。他是通過其他男人來確立個人價值或地位的。但千百年來，女人卻只能透過認識男人來接觸世界，過程中，部分女人漸漸掌握了男人的聰明和愚昧，也深化了自己的寂寞。

「愛家」(Focus on the Family) 的創辦人杜博森 (James Dobson) 醫生寫了一本書，叫做《太太們盼丈夫明白女人的甚麼》(這是很「直」的直譯，原文是 *What Wives Wish their Husbands Knew about Women*)，內容豐富。單看書名，就夠叫女人一面感動流淚，一面會心微笑。相對於男人渴求的「受重視」，女人的最大想望可能是「被了解」而不是錯漏百出的「被滿足」。

這裏有一個真實的故事。一位太太埋怨丈夫只知看報，不跟她說話。丈夫聽了，把這事放在心裏。一天，他提早回家。如他所料，太太正坐在沙發上摺衣服。他馬上找來一張小板凳，坐到她身邊，一本正經地問：「我提早回來跟你說話了。請問你打算說些甚麼呢？」太太一聽，馬上給他氣哭了。對男人來說，這真是莫名其妙冤哉枉也。他不是刻意拿出時間來跟她溝通了嗎？

女人下班回家，無法獲得男人得到的釋然之感。反之，她因為疏忽家事而內疚如煎；但若一生留在家裏，則又自感平凡和渺小——這是現代女性永恆的兩難、硬實的心結。而男人呢？見女子工作一旦有點成績，馬上譏之為「巴閉」、「厲害角色」、「慈禧太后」、「戰鬥格」……沒有成績，則背地裏叫她「不如返屋企湊仔」（例如女司機總受歧視）。到女子果真留在家裏相夫教子，男子則又責其全無視野，以「夏蟲不可語冰」為藉口，繼續把她的話當作耳邊風——他看報的時候，這陣風吹過，只能輕微撥動他報紙的邊邊角角，難以進入他的耳朵。

聖經說女人是用阿當的一根肋骨做出來的。許多女性對此十分反感——想像你自己是一個矮小的野菌，只能在高大喬木的腳趾縫中卑微地生長，你就明白那種屈辱了。

不過，肋骨所在，其實也是最貼近心的位置。至少我相信大部分的阿當都是有心的。肋骨一旦受傷，誰最疼痛？男人若想了解女人，就由天父所造的內置骨肉去開導他吧。他再冥頑不靈，也總曉得骨頭折斷的痛苦。身為女性，我一定要記住：「與女人為仇」的不是男人，而是叫男人第一次埋怨女人的那條蛇。

敵友難分

—— 給有志成為作家的年輕人

理論上，好東西的敵人是壞東西。難道不是嗎？富有的對手是貧窮，健康的對手是疾病，自信的相反詞是自卑……難道這還會錯嗎？

Oswald Chambers（1874-1917）説，不，人生不這麼簡單。好東西的對手從來都不是壞東西，而是另一些好東西。人很少選擇貧窮而拒絕富有、追求疾病而揚棄健康。但是，如果敵對的也是個好東西就困難了。劍橋和哈佛一同錄取了你，叫你去交學費，兩個你喜歡的女孩都聲明要嫁給你，兩份精美甜品你只能挑一份——就一份而已，不可「多得」；這樣，我們才會陷入選擇的困境、兼得的引誘、割捨的難受和驕傲的騙局。這是很有深度的看法。

同樣，很多年輕人以為要成為作家，只須好好讀書、好好寫作，有不慕大財、輕看享受、注重內涵而非華麗外表的心就可以辦到。但是，他們沒想到，更多更多的好東西正在恭候。這一切，可以是上帝的恩賜，也可以是魔鬼的利誘，可以是你寫作路上最好的幫手，也可以是最大的障礙。今天我只談幾種：第一，你的家庭；第二，你的學業、事業；第三，跟你志同道合、喜歡寫作的好朋友；第四，你因寫作漸漸得來的大名聲。這四種美好的東西，可以成為你寫作路上最大的支撐，也可以拖你的後腿，讓你走來走去都走不出第一張原稿紙的紙邊，沒法成為優秀的作家。

力量一：家庭

此話怎說？先說家庭。家庭，理應是個人理想的大後方和糧草庫。但若你要到非洲去做義工，爸爸媽媽不讓你去，就去不成了。想成為作家，也一定要家境許可。否則，我們連交學費的錢都沒有的時候，可以不打工幫補家計嗎？孩子沒奶粉了，做媽媽的可以不加班嗎？屋子要供，當大兒子的可以不在課餘做 part-time 嗎？貧窮的家庭，往往要求我們的援助，而那需要時間。這太容易明白了。

要寫作，自然也需要安靜的環境和充分的時間。你説，那就好了，我有一個很安靜的房間，父母都很支持我寫作，一家人十分和睦，窗外鳥語花香，附近沒有人打麻將，也沒有嬰孩小童的吵鬧。可我為甚麼總沒有寫作的靈感呢？就是因為環境太好了，你失去了最基本的刺激。家人坦誠親愛，你就寫不出《紅樓夢》；父母開明開放，你就寫不出《家春秋》；夫妻恩愛，你當然寫不出《安娜·卡路蓮娜》；心靈滿足，你必定寫不出《金鎖記》。

到作家進入中年，建立了自己的家，那時候他就須要還樓房貸款，供兒女上大學，照顧年老多病的父母，而自己精力日差，工餘該用甚麼時候來寫作呢？其實時間還不是最大問題。父母或子女的角色會讓我們的感情專注於家中老少。試想想兩位媽媽吃飯的時候談的是甚麼，兩個病人的家屬説的是哪一門的學問？聖經説，你的財寶在哪裏，你的心也在哪裏。人生中總有一段時間，我們得為小朋友要進入哪一家學校而煩惱，為父母要不要做手術而憂慮，現代社會，更要處理男女的離離合合，房價的起起伏伏，作家落入其中，很難保持觀察的距離和批判的能力。作家若營營役役於照顧家庭或處理人際關係，作品必少，若抽離親屬自顧自地寫，他則會因缺乏真正的感情經歷而難以寫出生活的質感。說穿了，寫作，是在各種張力的拉拉扯扯之下開闢出來的小窄路，而家庭所給予我們的上好條件，也正正是壞條件。

力量二：學業

要寫出好作品，怎能不讀書？不錯，閱讀，是寫作的基礎。沒有這個基礎不行，但有了卻不一定成功。學而不思則罔，思而不學則殆。現在很多「作家」都沒有閱讀生活，即使有，也沒有好好地握牢、好好「擁有」讀過的作品。英國哲學家、散文家培根（Francis Bacon，1561-1626）就說過這樣的話：「讀書足以怡情，足以傅彩，足以長才。……讀書使人充實，討論使人機智，筆記使人準確。因此不常作筆記者須記憶特強，不常討論者須天資聰穎，不常讀書者須欺世有術，始能無知而顯有知。讀史使人明智，讀詩使人靈秀，數學使人周密，科學使人深刻，倫理學使人莊重，邏輯修辭之學使人善辯；凡有所學，皆成性格。」（〈談讀書〉）不讀書，是人生一大損失。有條件而不讀書，等如繼承了一筆龐大遺產卻不懂得提取、繼而餓死街頭。然而，我們也不可認為只要肯讀書就能成為文學富人，一不小心，讀書可以讓我們更貧乏。德國哲學家叔本華（Arthur Schopenhauer，1788–1860）說：「我們讀書時，是別人在代替我們思想，我們只不過重複他思想活動的過程而已，猶如兒童啟蒙習字時，用筆按照教師以鉛筆所寫的筆畫依樣畫葫蘆。……在讀書時，我們的頭腦實際上成為別人思想的運動場了。……有許多學者就是這樣，因讀書太多而變得愚蠢。」兩位大師的話，值得深思。書不可不讀，但一頭栽進書裏去，卻未必能夠得到甚麼。

叔本華指出的情況，在今天來說，更貼近事實。現代人讀書很多都是為了學位。學位越高，所讀的書對創作的用處越少，引誘我們離開創作的力量越大。為甚麼呢？因為帶來高等學位的閱讀，和刺激創作的閱讀是不同的。習慣了做論文，一下筆就是邏輯思維帶動的線性行文，寫得多了，作家的感性必日見枯乾。敍述和描寫張得大大的、和現實的「交接面」必逐漸收窄，能夠進出我們心眼的，會變成一道綿長的線——說明、議論會來取代作家的感官經驗，種種抽象概念形成，使他文字的呈現力漸漸下降。對於寫論文，這是進步，但對於創作詩歌散文和小說，這是退化。很多文學天才走進學院之後就「消失」了，要麼就按照理論來創作（文無定法、文成法立——創作理應是帶動理論的火車頭），寫出幾襲皇帝的新衣，全無感染力，一般人都知道叫這些做「沒有人氣」的作品。但一個一個高等學位放在眼前之際，我們總忍不住節節往上攀，因為學位越高，我們的社會地位和收入也越高，這些東西一旦到手，很難走回頭路，身處大學的寫作人，實在須要經常思考自己的事業目標是甚麼。

不讀書、不會寫，不思考、不會寫，思考模式改變了，也不會寫。寫作，路途遠而路面窄。這是事實，難以否定。

力量三：朋友

有人認為朋友是最了解自己的人。二十世紀英國最偉大的散文家、小説家、兒童文學家和學者魯益師（C. S. Lewis，1898-1963）在其名著《四種愛》中指出朋友和同伴的分別。朋友是和我們有共同志趣的人。「同伴」一詞，指的是雙方一起生活的時光的量，而「朋友」顯示的是彼此分享的質。或者可以這樣説，同伴可以是朋友，也可以不是；朋友可以是同伴，也可以不是。兩者是完全不同的概念。老夫老妻生活多年而無話可説，皆因他們沒有從情人進化為朋友，只能保持同伴的關係。

看見同伴，感覺是平靜的、舒服的；遇見朋友，卻是興奮的、快樂的。所謂一見如故，説的是朋友；所謂酒逢知己千杯少，說的也是朋友；所謂士為知己者死，說的更一定是朋友。舉例說，兩個人可以在同一家公司工作數年，相識但不相知，日日與全組人一同訂枱吃飯，話題乏味；一日酒酣耳熱，都說起老闆的壞話來，哦啊，原來大家對他的看法很一致，彼此就會馬上成為好朋友。又比如同學兩人，點頭招呼，一天突然知道對方迷戀同一位歌手，很快就會嘰嘰喳喳地說個不休。這就是朋友。

在文學創作的圈子裏交上的朋友，可以說是「行家」了。我的一位好朋友說，他的作品，誰說好他都沒趣兒，「行家」說好，他才開心。所以，朋友本身正是寫作人背後最大的動力。作家總要和作家交朋友，正因如此。不過，這裏也隱藏著一個極大的「殺機」。此話何解？原來，創作人身邊的「行家」，也分多種。文字的風格和語調，政治的選擇，哲思的取向……在在影響了作家的「擇友」條件。所謂物以類聚、人以群分，文壇上的各種小圈子就這樣形成了。作家如有衝出小圈子的心，很多時會被友人看作背叛；若沒有呢，情況更慘，他的一生，就必落在狹窄的視野裏，被好朋友的讚譽淹死。這也不難明白。既然志趣相投，好友的愛好、品味和偏見都和你一樣。人大都只選擇合胃口的東西來吃。久而久之，你的品味同樣受到左右和逼迫，無法擴大個人的眼光。

力量四：聲望

一個真誠的寫作人一開始追求的不是聲望，而是認同。第一個讀者出現了，那種滋味非常甜美。嘗過了，創作起來，就更有動力了。如此，他開始渴望第二個讀者出現。過了一段日子，作家有了自己的讀者群，粉絲們交口稱讚，那認同的力度強大起來，作家便有了聲望。為了對得起自己和讀者，作家會不斷證明自己不是浪得虛名的。他頗有可能漸漸脫離了原初的創作動機。如今，對他來說，他人的認同早成了理所當然，他要的是保住甚至擴張這種龐大的注目。也許因為恐懼，他怕失去已經建立起來的聲望；也許因為野心，他覺得聲望如不壯大，就要收縮。

有了聲望，他的創作自由就日漸縮小了。他寫得不好，沒有人會原諒他；他寫得不像他自己，「粉絲」會責備他；他想放棄原來的文類，在另一個文類發展，或開拓另一種風格，做個小學徒，大家就會看不起他。有了聲望，他的創作時間也慢慢減少了。他要演講，要教學，要回覆讀者的來信，要應邀寫幾本同類的書，要接受很多傳媒的訪問，要為後輩寫序。他的人生給別人花光了。聲望抬舉了他，也捆綁了他，謀殺了他。作家若要有強大的再生之力，不斷超越個人的極限，寫出越來越好的作品，必先超越其聲望帶來的引誘和局限。

最大的力量：意志和視野

這並不是說，寫作的人一開始就必須孤獨度日，先從家庭出走，永不進入大學，離開所有談得來的好朋友，不斷改變筆名來逃離名聲。我們反要從家庭獲得最大的支援，到學校好好上課，在校外細細讀書，廣交視野不同的朋友，並順其自然地與自己的名望相處，看得見真正的自己。

家庭是我們感情的發源地。我的一位散文家朋友說，我快要把我所有的親人都寫光了。有趣的是，他寫親人的那個散文集，拿到了香港最大的散文獎。家人，是我們感情的泉源。真誠地寫自己對家人的感受，是創作的高原，靈感之河的發源地，一旦開始，就要成為長江、黃河。從朱自清到楊絳到余光中，親情都是他們作品中的亮點。我們必須清楚這一切，才能從家庭得到真正的支援。

對於家庭，我們都有一種良好的願望：希望親屬在物質方面過得越來越好，孩子們都考進名校，家庭的社會階層往上移。可是，這是危險的。作家寧願把錢放在銀行裏，也不好過速地往上流動。生活上盡可能留在基層，是滋養寫作能力的一大要素。一旦成了中產階級，生活細節就開始貧乏，寫出來的東西質感也會變差，視野縮小得很快——因為大部分人吃甚麼、穿甚麼、喜歡甚麼、需要甚麼我都不再清楚了。與我來往的朋友中，中產者甚多，但是他們很少能夠喚醒我的靈感。

至於讀書，我們自然要聽培根的話，不能不讀。我們也不可忽略叔本華的提醒，讀書要思考，要保持思想上的批判性，不能專門挑和自己看法一樣的書來讀，更不能只讀自己「行頭」的書。如果生活還可以的話，不讀助你成為大學教授的高等學位最好。我覺得讀書不必讀很多，反要讀得深，每讀到好書，都做筆記，把它「據為己有」(這個「據為己有」是相對於我們廣東人所說的「水過鴨背」而言的)——而把書據為己有的方法就是寫讀書隨筆，而不是寫沒有人喜歡看、看不懂或註釋多於原文的學術著作。這樣的話，你才可以隨心所欲地記下你想說的話，與作者、讀者真正地交流。

交朋友的時候，我們要擺脱物以類聚的自然傾向，多聆聽與自己不同的聲音。對自己作品評價不好的友人，更要「忍痛」結交，從他們身上吸收新鮮的營養，這能夠與我們身體內的優勢、慣性或毒素對沖，最後成長為全新的寫作靈感。我們會不會因此失去自我呢？我認為不會。如果一個人的自我這麼容易改變就好了。個人的價值觀和習慣，其實是相當堅固（或頑強）的。否則就不會有「江山易改、品性難移」或「三歲定八十」的說法了。依此，我們要對抗的反而是個人眼光的「收縮」、寫作風格的「頑化」。張開耳朵聆聽，進入對方的世界，一定能夠幫助我們在寫作上進步。

至於怎樣對付名望，也有事可做。首先千萬記住不要做 yes man。別人找你辦講座、寫東西，先要看看自己的時間和選擇。即使有時間，如果你寧願與家人一同看一個非常膚淺的電視劇集也不去參加作家聚餐，就要勇敢向朋友說「不」，不用內疚。說的時候要堅定，因為你已經知道自己要的是甚麼。我們從來不是為了別人所搞的活動而活的。除非工作需要，我只參加自己真的想參加的活動。這樣，我們就能省下很多時間來寫作。所謂人在江湖的說法，不過是藉口。世界上沒有所謂的江湖，江湖都只是我們自己弄出來的一窪水。

沒有名望好搞，有了，怎樣才能對自己的名望視而不見、聽而不聞呢？只有一法——擴大視野。那就是多一點接觸別的東西，把自己的眼睛和耳朵放到更高的層次去。讀到杜甫的「飄飄何所似，天地一沙鷗」，看到托爾斯泰寫安德烈王子受傷以後看著天空的情景，聽到貝多芬對命運的探索，個人小小的名望該站到哪裏呢？想像哥倫布的水手一個一個地病死，回憶去年三月十一日新聞畫面中日本的大水、房屋、火車和城市，思想十字架上為全人類的罪給釘死的耶穌，名望值甚麼呢？

唐王之渙說「欲窮千里目，更上一層樓」，俗語也說「退一步海闊天空」，不但是極佳的哲理，事實上這兩者都合乎視覺上的物理原則。聖經裏，耶穌登山時大大變像，透露了神子的身份；渡海時平靜風浪，彰顯了造物主的權能，也很有啟發性。山的高，海的闊，能使我們看得更清晰。寫作的人，不過是地球村上的一分子、一個民族中的老百姓、一個大城市裏的小市民——有了這樣的觀照，就能看見一整個世界，而非自己了。

寫作不難，除非你不肯設法排除萬難。苟真如此，最好不要寫作了。

計程車上

——*你們看那天上的飛鳥*

天色漸朗，我登上一輛計程車。

司機扭頭問我要到哪兒去。「西營盤高街。」我一面調整坐姿，一面補充道：「英皇書院後面。」

司機一言不發，車子猛然開動。我很疲倦，挨著倚背準備休息一下，但車身頗為顛簸，我怎也無法安靜。忽然前面這位御風高手說話了。

「我以前也是英皇的學生。」

「是嗎？」我隨便應答著。

「我在那裏讀了七年書。」

「啊？」這下子我有點肅然起敬了。看他已經幾十歲，那種年紀的英皇舊生，是如假包換的高才生。聽說六十年代末期能夠考上那所學校的孩子，屬於同齡學生成績最好的頭一點四個百分點，該校入學要求之高，跟當年的香港大學相比，毫不遜色。這裏頭的中五會考生能夠順利入讀中六的，全是資優少年，為數更少。可以說，英皇的預科畢業生，輕輕鬆鬆橫過一條叫作般含道的馬路，就可以走進香港大學——七十年代的港大，可不是容易考進的，英皇的學生，大部分更走進了醫學院和工學院。

為此，我那句「失敬」差點衝口而出。我禁止自己這麼說，是怕他以為我在挖苦他。

「但是，我沒能讀上大學。」他說。

「啊？為甚麼？不能夠重考嗎？」

「重考？港大早錄取了我了，幹嘛要重考？」

「那……」

「家裏窮，不讓讀。」他本來激動的聲音受制於年歲的壓抑，漸次變得失重、顫動。

「你一定很難過了。」

「難過？難過有用嗎？你可知道，我的乘客裏頭，有多少個是我的舊同學？」

「英皇的同學？」

「還能是港大的同學嗎？」他明顯有點氣惱。

「對不起。」我說。「他們都認得你嗎？」

「我可不會讓他們看見我的臉。」

「不相認？連招呼都不打？」

「難以高攀。他們都是醫生、律師、工程師了。我只是的士司機，每月收入不到他們的十分之一。」

我聽後無言以對。也許我們會對自己說，金錢地位名氣階層全都只是過眼雲煙，不必看得太重，但真正瀟灑的大概只有雲煙之中的既得利益者吧。我嘗試通過倒後鏡的水銀玻璃去接觸他的眼睛。小小的長方形內，他的目光拒絕我的探問。在這硬鋼的私人空間裏，我只是後座偶然的過客，一時得窺他孤單的背影而已。前面這略略發胖的男子，曾經是意氣風發、充滿理想、山腰上迎風而立的英偉少年嗎？

英皇書院的古舊紅磚建築已然在望。車子緩緩停下。雙足再次踏在堅實的水泥地上，我目送他的紅色硬甲咆吼而去，駛往人煙稠密的市區。遺憾的深潭偶起的浪花，濺濕了我回憶的衣角。稍亂一步，我就是他。在他的處境裏，我一定更消沉。有些痛苦是不容輕看的，不因為它理所當然，乃因為它真實。

路的那邊，陸佑堂的鐘樓後面那片廣闊的藍天上，正飛過一群快樂的小麻雀。伶俐清楚的小黑點，像在書寫《馬太福音》古老的經句，而他的車子，早已背道而馳，往中環那邊駛去了。

飛馬聯想

從我家的窗戶往外看，會看見一個銀灰色的金屬雕塑。那是一匹充滿活力的馬，昂著馬頭，舉起前蹄，高張兩翼；翅膀中是間隔精細的紅琉璃。馬兒好像正在準備起飛。聽說這個藝術品是一位意大利雕塑家的傑作，作品屹立在一個私人屋苑隱蔽平台的一個噴水池上，並且為這個空間命名為「飛馬廣場」。

我國成語裏，有「如虎添翼」一詞。馬已經夠快，老虎也很勇猛，為甚麼我們還要在這些大有能力的動物身上多加上一雙翅膀呢？我心裏出現這樣的圖畫：在風雷交加、大雨滂沱的黑夜裏，當所有的眼睛和耳朵都給嚇壞了，藏到被窩裏的時候，飛馬必振翅騰躍，直達雲霄，在高空與所有由想像而生的靈物相遇，浩浩蕩蕩地擊毀一切糾纏不清的成例和框架，雲上開闢一片沒有邊界的星空。在這深酒藍色的棋盤上，星星成了一局無邊無際的圍棋，它們的航道就是他進退的軌跡。

不願羈困於平面而衍生的想像力，用之於工程，我們就發明了火車、飛機、互聯網，把遙遠的世界帶到眼前來；用之於醫學，我們就參透了細菌、病毒和細胞的生長的習性，救拔了深陷苦海的病人和親屬；用之於文學，我們就開拓了紅樓之夢、西遊之心，經歷了戰爭的教訓，從而學會真正的和平，豐富了我們只有數十年的人生小風景。

如今飛馬安靜地站在廣場上，顯然已經從一段滿足心靈的旅程回歸。老人家在他身邊閒坐，印傭三三兩兩在聊天，幼童跑步追著小皮球、媽媽在追她，嬸嬸拿出棉被，擱在噴水池邊的長椅上曬。沒有人抬起頭來看我們的飛馬。我知道他正在構思下一步該怎麼飛，怎麼走。畢竟，那麼龐大的棋局，每一步都需要時間，而大局的變動，也沒有人能即時明白。但我深信，他日回頭，每個人的星圖都必定完整而美麗，即使經過苦難、疾病、離棄、背叛和戰爭，在所有的終點站上，那萬萬千千的「為甚麼」也必定得到完整的解答。

飛馬廣場，正是美孚新邨其中一個最大的平台。可惜邨外的人很少看得見這個美麗的雕塑。

抄襲魔風

十天之內，連續發現了兩樁抄襲事件，我很心痛、也極度生氣。

接到來電：我們的詩刊舉辦的創作賽，小學組冠軍的作品是抄來的，證據確鑿。這孩子找來台灣作家的詩，據為己有，以之參賽。評審委員沒看過這個作品，一致好評，給了冠軍；賽果發表了，這位「得獎者」在教統局禮堂裏，當著數十觀衆面前與評判侃侃談論自己的「創作」過程而面無愧色、後來還接受本港最大的電視台訪問，也真「勇敢」！幸好節目尚未放映，還來得及攔截，但電視台白白用了資金、時間、精神，最後還得趕緊拍攝其他片斷補上，豈不暴跳如雷？我聽説，賽果出來後，有懷疑作品來源的師長曾三次私下查問這位小朋友可有抄襲，但她一直不承認，直到被人揭發。賽會知道後褫奪其冠軍資格，令其歸還獎狀獎金，算是最大的懲罰了。校方和賽會都沒有追究。至於父母——我不敢猜下去了。犯錯的小朋友是否已經悔改？無從得知。她也許會想：原來抄襲是沒有甚麼惡果的，學校和父母都努力「保」住我，將來只要抄得更有技巧就沒事了。我本主張把此事公諸於世，但被阻止了。

我認為在原諒這位小朋友之前，一定要她真心認錯。大人隨便說原諒是不對的，也是不公道的。水門事件中，美國總統尼克遜的得力助手 Chuck Colson 在《重生》一書中用大篇幅記述他因信了上帝而主動向法庭認罪，更坦然接受入獄處分。原諒不悔改的人是不道德的。如果孩子已經明白自己做得不對，真心悔過，而非抱著「我今次只不過唔好彩被人捉到」的心態繼續「作案」，我（我是賽會成員，也是評判）第一個原諒她，因為我們沒有資格不原諒真心悔改的人。但到目前為止，道歉信是以媽媽的名義寫的，孩子還沒有親自向賽會、評判和其他參賽的小朋友說「對不起」。我們這些「好心腸」的成年人把新一代慣壞了。

此事之前幾天，我又親自「抓」到了另一個。那是我新詩寫作課班上的學生。她交來的第二個作品，竟然是香港大作家西西的名作！我走到書架，隨手抽出相關的詩集，一目了然。這位同學把詩中的關鍵詞作了輕微的修改（例如把「爸爸」變成「媽媽」）—— 總之令老師無法按照詩中的特殊詞彙在網上搜尋出甚麼，可見是刻意抄襲的。

我很氣憤，馬上把證據電郵給她的課程主任。第二天，主任找到了她，好言相勸，教她改過。她哭著説會改會改，跑來向我講了大概二十次「對不起」，解釋道：「這首修改了的詩，是我讀預科時老師給我們玩的語文拼貼遊戲的成品，老師借此幫助我們了解作品的含義。」她一臉委屈地補充：「那天感冒了，功課趕著交給您，我打開這個舊檔案，看了幾行，覺得還可以，就先電郵給您了，只怪我當時沒先看清楚。」原來只是大意嗎？我信以為真，原諒了她。但抄襲事實既成，我仍依照校規向大學報告了。

豈料翌日其他同學在閒談中透露他們剛在別的科目裏讀過這首詩，抄襲者曾表示過很喜歡。我一聽，邏輯思維馬上運作：兩星期前讀過這首詩，還表示過喜歡？真不敢相信自己的耳朵 —— 那麼所謂的中六的語文遊戲，所謂一時認不出來，全是謊話了？我氣極了，久久不能平復。原來她完全沒有改過的心，竟還編造謊話，望我手下留情。

幸好我已經依法行事。我們大學的校規寫得清清楚楚：抄襲事件一經證實，抄襲者即時得全科（不是一個作業）不及格成績，老師還得上報學系、學院、註冊處、研究院（這表示將來升學困難重重）和大學高層。只有這樣，大家才知道抄襲的嚴重性。最近港大法律系也曾勒令兩位知法犯法的準律師退學，以儆效尤。我為兩所大學的公正嚴明喝采！

抄襲的事，以前不是沒有，只是不多，當事人給抓到了，還知道無地自容。今天這種事不但經常發生，最可恨的是這些犯錯的孩子大都恬不知恥：「這個世界，誰不用翻版？」他們說：「恕我無法做到不非法下載。你有錢買軟件、買唱片，我的零用少得很。」這種論調大行其道，真叫人氣憤難平。我們的香港，還是當年清廉正當、腰板挺直的城市嗎？我們的下一代，還是坐在小板凳上一面穿膠花一面讀書的上進少年嗎？我們的將來，還是對錯分明的將來嗎？我們有好好教育自己孩子嗎？

窗外，家家戶戶亮起晚燈，我的感覺卻一片漆黑。

大學教育的天空好小

——談大學對老師的監管

本港許多大學，目前都在非常「縕微」地「監管」著老師——比較他們的教學評估，數算他們的論文發表密度及期刊的江湖地位，規範他們發還學生作業的時間，監察他們有沒有按著「成效為本教學」（OBTL）的各種條文來寫課程、編教材、制定評分準則和進行教學。我絕對不害怕，但對這樣的監管還是覺得反感。大學老師是人，是尖端的教育工作者，教資會和校方與我們至少是平等的，他們仗甚麼條件來監管老師？何況監管老師的人之中許多根本沒有前線教學經驗，實力比我們要差。

監管帶給我們的壓力好大好大，全港教學人員已經只剩下「半條人命」了。中小學老師健康大受戕害不用說，大學老師也好不到哪裏。上課、備課、寫論文和讀書以外，一天到晚看電郵覆電郵填寫各種表格見上司受評估寫報告計算你給大學提供了多少服務如果不夠就要自行「炒作」一點事出來做……能夠用在教學上的時間和心血少之又少。學生的需要被邊緣化，老師和學生能夠交流的機會，比起我讀書的時代更少了。

強調愈來愈重視教學素質的 UGC 諸君，各位大學校長、副校長、教務長、學生事務長，你們真心希望提升大學的教學素質嗎？苟真如此，務請聽聽我下面的這番肺腑之言：

（一）你們有說法：教學不是給學生一條魚，而是教學生捕魚的方法。這樣說無可厚非，卻是缺乏深度的。我認為我們先要讓學生體會到甚麼是魚的美味，讓他產生渴求，繼而萌生捕魚的心理需要，然後為他提供機會，讓他主動來學習捕魚。這個過程才是教育。也就是說，我們得先讓孩子們對知識產生興趣。這種興趣，和諸君常說的 learning incentive（學習動機）不一樣。真興趣和好奇心掛鈎，而所謂的「學習動機」則強調「學」的功用（例如「學會說普通話對你將來的事業很有用」）。在抓住他的手、教他捕魚之前，我們有責任讓他好好吃一條新鮮美味的魚，使他想再來一次。若沒有這樣的想望或嚮往，教他再好的捕魚方法他也學不會。所謂學會學習也是很奇怪的概念。人生來就懂得學習，只是現代的填鴨制度、公開考試霸權和甚麼都一刀切的評分方法（例如我們必須為每一科的每一份作業精細設計的 Rubrics —— 評分量表）把這種本能消滅淨盡。

小結論一：好老師的優勢在於感染力，不在於懂得林林總總的教學理論。

（二）真正的教育，必須由道德良心全權領航，專業知識緊隨其後。只有道德的成長、公民的意識才可以讓專業教育做得更好。耶穌談真道，沒教門徒做木工，孔子最看重的也是學生的好品德，顏回是他的至愛。這裏有一個真實故事，和大家分享（其實無甚可「享」）。話說一個修畢高級文憑的女孩去看醫生。醫生尚未夠三十歲，女孩是他的友人。看病時，醫生知道女孩的男朋友是個青年畫家，平時以教孩子畫畫維生，就刻薄地批評他，說他這樣一生都無法賺錢云云，認為女孩應該馬上撇掉他；又說像自己那樣做醫生才是上算，人之所以要好好讀書，就是要成為這樣的上等人云云。女孩很氣，說她從此以後不會再到他那兒就醫了，因為這位醫生的價值觀有問題。這樣的醫生，能夠愛他的病人嗎？君不見今天大部分私人執業的婦產科醫生都不肯讓那些健康的準媽媽順產，硬要把她們的肚子和子宮都用尖刀利刃割開，讓她們流血疼痛、元氣大傷，目的是避免自己半夜爬起來接生或影響旅行計劃。產婦挨了一刀，還要付一筆手術費。如果醫生的眼睛裏沒有別人，只有自我和金錢，推到極端而論，我再說，推到極端而論——這種人的醫學知識可以成為殺人的武器。把毒品賣給裝作病人的拆家和學生的，正是這種飽讀醫書的人。當然，大部分醫生都不是這樣的。但是，醫學院若不明明白白告訴學生做醫生的責任，是怎樣都說不過去的。因此，我認為我們應該先教導準醫生「醫者父母心」，教導準工程師紮實的建築物背後的人文精神（否則就有豆腐渣建築物了），教導準律師「行公義、好憐憫」（舊約聖經《彌迦書》六章八節），教導要當老師的該怎樣以身作則，教導新聞從業員求真、求誠、求善，教導行政人員公道先於權力，教導每一個公民義務先於人權。有了這個基礎，再加以專業培養，社會才會有真正的人才。可惜，高層諸君，各位重視專業道德的栽培嗎？

小結論二：老師對自己要有道德要求，孩子們才會有；

老師要對自己的專業有熱誠，學生才會受其感染。專業要求，第一是專業道德、專業精神。

（三）高層諸君：你們抓住老師的手「教」我們「怎樣教學」之前，或提出許多監管方法之前，應該先來和前線的老師比試一次，看誰教得更好，看誰帶來的魚更好吃，看從天而降的 OBTL 有效還是前線老師因事制宜設計出來的教學法有效！看誰能夠讓學生產生繼續吃魚的興趣、捕魚的決心！高層和前線老師互相研究是可以的，但是，要求老師無一例外地運用高層頒佈的「律法」來教學，實在像新約聖經裏的法利賽人一樣愚不可及！試想像當年的港大校長，若找來個不知甚麼專家，對著羅慷烈教授指手畫腳，命令他這樣這樣教——是不是很荒謬？

況且，每個學生的起點不一樣，成長的速度不一樣，背景不一樣，關注的事情也不一樣，要他們在幾個月的課程之後提供可量度的、質量相同的「教學成效」，讓老師有「功課」可交，實在難以置信。有人說，大學因此變得中學化。我說，中學、小學都不應這樣教學。舉個例子說，讀過了余光中的詩，有人甚感興趣，想做學者、研究台灣作品，有人受到啟發，要加入創作新詩的行列，有人喜歡他作品的節奏，希望拿他的詩來譜曲……這一科已經很成功。但如果硬要加入一個「能背誦余氏新詩起碼一百首」這個「成效」，層次馬上下降。但是，大學如何量度我們的教學？抓個學生來念一百首余光中詩。教資會諸君認為其他的都不可量度，因此不算數。我估計，用 OBTL 來量度港大當年的朱光潛、陳寅恪，中大的牟宗三、唐君毅等老師，他們也未必過關。

小結論三：老師比高層更明白教學前線發生甚麼事，不同專業、學科的學生有不同的方法和需要，不必由某種「萬金油」（能治百病）來指點塗抹。

（四）請高層讓老師用自己最擅長的方法教書。千篇一律的教學方法，連老師自己都記不完整的 Rubrics，浪費時間，大可不必，我肯定，此乃「白做」之事。但這實在是「無孔不入」的監管，不但殺死我們在巨大疲勞裏僅有的創意，更是對我們的極度不信任。老實説，如果有老師講課説完就走，百分百的 lecture，沒有討論，而且一點功課不給，也不設考試，但他仍能把學生教得出色，我們有何理由不讓他這樣做？何必監之管之？這是用對待小學生的舊方法對待今時今日的大學教授和社會精英。當我們要謹慎地填寫自己用了百分之幾的課堂時間來討論，我還有自己的教學風格嗎？

小結論四：高層應該以身作則，尊重老師、信任老師，才能使學生也學會敬愛老師、相信老師。老師必須用自己最擅長的方法教自己最有心得的學問，才能凸顯優勢，造福學子。

（五）絕對要讓前線老師有 say，不可以由外行領導內行。這種事導致失敗，屢見不鮮。我親眼所見，好些大學領導，都是「寫」（論文）而優則「帥」（不是「師」），其教學效率、演講技巧、應付課堂突發事件的能力，竟比不上二、三十歲的年輕老師！我不知看見過多少說話連觀眾都不看一眼、照紙朗讀的大學高層。可是，他們卻要指導我們教學。

小結論五：大學強調學位和行政能力可以，但絕對不可以完全抹殺前線老師的經驗！

（六）我們教導學生，絕不可以用成績來恐嚇他們（例如你不聽話就「肥」你），也不可用成績來引誘他們修你的科目（例如你來修吧保證有 B）。但為甚麼我們老師卻要受到各種無形的恐嚇（例如你不聽話就「炒」你）？為何應得的年資加薪點，變成了打贏同事才得到的小點心？聽說香港很有錢呢！ UGC諸位，你們真的那麼窮嗎？還是要拿應該支援小大學的錢去錦上添花，讓大大學在國際上爭奪更高的排名？諸位，不要忘記，你們是教育家，請放下你們的商人意識吧！為甚麼工作表現的優劣，「教學評估」可以定生死？某些科目會比較好玩，較受歡迎（例如硬筆書法），一些會比較不好玩（例如語文）（這兩科都是我的科目，看官不必對號入座），這樣一來，評估有沒有絕對性呢？如果沒有，請不要在review的時候暗示老師的事業前景會因之受到嚴重影響。寫論文，應該是研究、讀書後有感而發的，論文不是長大成人後繼續要交的作業。教學，貴乎真誠，不在乎討好或懼怕學生——雖然造成今天這樣處境的人，絕不是我們前線老師。

小結論六：看老師的表現要整個人看，看性格，看道德，看深度，看學問，看視野，看態度，看創意……教學評估、繁殖論文的速度和服務大學各種委員會，絕不應等於一切。請看看，你們趕走了多少好老師！

（七）表揚好老師，幫助資歷較淺的老師，讓較弱的教育工作者繼續學習（我就親眼看見年輕同事日漸成長為優秀老師）或自然流失。老師是人，高層看老師，要像對兒女或弟弟妹妹那樣循循善誘，平輩看老師，也要互相學習、交流、彼此尊重。如果同事表現不夠好，我們就嚇他，或炒他魷魚，讓他惶恐度日 —— 我大膽問一句，這樣的機構，怎麼可以辦教育？我們應該幫助他們，支持他們成長才對啊。他若差勁得離譜，根本就不適合這一個專業了，他離開是遲早的事了。讓同事們在安全感中過日子吧，這就是對學生好。教育機構，請記住，教育的理想要貫徹，不可用欺負同事來討好你們眼中的「客戶」或「老細」（有人常以此形容學生，簡直卑鄙）。

小結論七：教育，不是去蕪存菁。教育，是把「蕪」變「菁」。對學生要這樣，對年輕或弱勢的同事，也要這樣。

謹以此文獻與諸位 UGC「執事」先生，獻給各大學的每一位「執事」先生，更獻給我教學二十七年來遇見過的各位親愛的同事，還有那些剛剛進入或準備進入教育界的學生。

如果有幸 CY 首長也看見此文，請想一想我這個教學多

年、深愛母校（一家很大的大學）和自己工作單位（一家較小的大學）這兩所學校的人所說的話。請大量提供資源，減少惡性競爭，真正珍惜各教學單位（尤其是小一點的大學）裏面各位同事對社會的貢獻，減少各種監管和恫嚇，讓我們有心靈空間真正地教與學。

我給自己的勉勵：昨日明德格物，今天篤信力行。如果因為這段有感而發的文字而獲罪免職，我馬上退休，死而無悔，在沒有可怕監管的地方繼續我的教育工作。

耶和華的桌子

「你們將污穢的食物獻在我的壇上，且說：我們在何事上污穢你呢？因你們說：耶和華的桌子是可藐視的。你們將瞎眼的獻為祭物，這不為惡麼？將瘸腿的有病的獻上，這不為惡麼？你獻給你的省長，他豈喜悅你、豈能看你的情面麼？這是萬軍之耶和華說的。」（瑪拉基書 1:7-8）

說來慚愧，我不多深入靈修。我的禱告，有時竟是在走往車站或進出辦公室時匆忙說的，片言隻語、有句無章。偶然跪在床沿，向神稟報近況，一五一十地訴求，希望支取未曾批核的恩典。但每次如此，我總覺得裏裏外外都很嘈吵。應做而未做的事、種種榮耀自己的念頭，同時來襲。於是我開口禱告，用言語為自己的思想導航，但言語線性的本質和作結的傾向，常常使我陷入矯情狀態。一肚子氣時還要為痛恨的人禱告，自己聽著也覺得虛偽無力。不逮而無助的感覺，常使我懷疑父神的愛。我靈修的信心一度消退，生活乏力。

但那一次的經歷，調整了我的看法。那天我忙壞了，早上在屯門一家中學講早會，然後和中六的同學談話討論，下午又得到沙田另一學校談寫作。我早已放棄了完成任何常規工作的想法。然而，上午的活動提早完成了，我趁空檔回家。屈指一算，連午飯時間在內，我有三小時呢！真是「意外之寶」，我該用它來做甚麼好呢？雖然有點捨不得，我決定先禱告。我原打算安靜一會就「開口稟神」，但父神阻止了我，明晰的意念就在腦海中形成：「你那麼忙，很辛苦吧？來，放下面具，在我面前真心地吐吐苦水吧，不要裝作世人的代禱者——你自己一塌糊塗。」我感到一陣溫柔，像熱毛巾一樣敷著冷傷了的意識，心頭如潮湧起近日諸事：我身體不好，經常頭痛，連拿薪水的工作都無法做好，更天天為了兒子的學業和生活習慣跟他吵得天翻地覆，家務繁瑣無盡，父母年老多病卻不肯信主，同事之間充滿嫉妒、誤會，是非不斷，還有許多不相識的人打電話來叫我「幫忙」做講座和寫稿，百上加斤……瞬間，一直壓抑著的疲勞、苦恨、鬱悶和自憐忽然全釋放了，淚水滾滾而下。我就這樣對著天父哭了很久，連話都沒法說。禱告完了，心中澄淨。我起來做家務，奮鬥了一會才啟程往沙田。

自此我常想，我該把生命中甚麼時間分別為聖，才算對得起祂？答案是沒有。但至少我應該有這樣的心。地鐵中、巴士上，常看見一些人在讀聖經。這已經是他們的「黃金檔期」了嗎？可能是，也可能不是。至於我，我一定要設法找到一天內的不二之選來禱告。只有這樣，我獻上才不是「污穢的食物」。經上記著說：耶和華的桌子是不可藐視的，我不能繼續輕慢祂了。

閒話針線

毛衣項背位置破了洞，我找出針線來縫補。太馬虎了，本該用原裝毛冷修理的，我只用了近色棉線；修好後，毛衣上多了一個小疙瘩，就像孩子膝蓋上浮起的傷疤。可是，當我一下一下拉動那條線，看著那個洞漸漸變小、消失，巨大的滿足還是油然而生：我心愛的毛衣又完整了。那象徵著所有的傷口都可以在一種溫柔善良的拉拉扯扯中癒合，生活最後還是美滿的，起碼撕裂之處從此不必繼續張大、流血，只要我們願意。

我們這一代人，從小用針；我大概是同年女子中最差勁的了。我媽媽是女紅高手，能夠一針一針地把碎布縫製成衣服，連棉襖都會衲。我幼年住在大陸，家裏窮，每個人身上的衣服都修過補過。那段日子，補釘從來不是讓人慚愧的理由，壞手工才是。小針如此，大針也一樣。小毛衣隨著我的年齡給媽媽拆了又打、打了又拆，多次變樣，用的還是那些老毛線。小木棒細細敲打，發出鈍厚而和平的輕擊，感覺就像臨睡時聽見老時鐘在偷練步操。縫補和編織，都是媽媽身上閃閃發亮的飾物，珠寶鑽石無法媲美。

上了中學，我終於在家政課裏學會了媽媽常用的幾個針步。第一個叫做「走針」，老師要我們背誦的是英語 running stitch。那是最簡單的針步：它懶得很，只從布底下鑽到面上來又再鑽下去，像海豚在水平面滑行一樣，一時露出頭背，一時潛入水中，不斷往前。媽媽說，用那種方法前進得最快，可是成果不穩，誰拿住線頭一拉，線和布一下子就要完全分離，只留下一行粗糙的針孔。因此媽媽只會在最不重要的東西上才用這個針步，例如在最後縫線之前把摺痕暫時固定之際，走針才派上用場。不過，用走針還是要走得細、走得密、走得自然，否則會很難看。媽媽的手因過多的家務變得粗糙，指頭肥大，可是她的走針實在細緻精美，像公路上的白色虛線，勻稱活潑，又像給大風吹成鱗片一樣的高天雲，秩序井然。最後一針完成了，媽媽還總要在原位上回頭多扎幾針，最後更加上一個牢牢的、藏在布底下的結，以防多手的小孩子見線就拉，拉去她全部的心血。

但我卻不是她的精品。我像她的手指，粗枝大葉，是母親對我的描述：一拉就倒，一拉就空心，她說，因此一定要找個小心謹慎的人來照顧我。

走針不穩，「回針」就好得多了。老師說回針叫做back stitch。小海豚偶爾也會往後翻一個筋斗，回到原來的位置，再潛入水底往前游，游些許又往後翻，這就是回針。針從布面拉出，往後退，再扎到布上，然後在底部前進，明修棧道，暗渡陳倉，於你不在意的時候以退為進，正是回針的精髓。回針是十拿九穩的針步，怎樣拉扯都不會散碎，只會越拉越緊。把手一翻，只見衣布底部的回針重重疊疊，露出了步步為營、小心翼翼的底蘊，好像拾荒老人一步一回頭，整個人生都在不斷回顧中重複交疊，每一片紙皮都不放過，每一件小事都記得清楚，哭過的可以再哭，笑過的可以變成另一種哭的緣由。但從表面上看，回針和走針無異：從容、舒爽，以輕快的步速行進，使人如沐春風。誰認識它深沉的思慮？誰知道它藏起的不安？母親就是這樣的一個人，談笑風生，話語中帶點幽默，甚至暗藏點滴的優越感，但她的焦慮既深且多，讓她無法好好睡覺。做過右派，熬過文革，與丈夫分離十多年後再重新適應共同生活和長大了的女兒——人生前路變化無常，無法不謹小慎微地一步一回頭。是的，母親總是在思考，在偷偷回望自己的過去，在暗暗評價自己的表現。原來「回針」也不能真的用力拉扯，一拉，就把布給扯皺了。母親的思緒也不容許誰來拉，連爸爸都不行，連她自己都不可以。

媽媽沒教我用「鎖邊針」，那是我在小學時細心研究如何「開鈕門」之際，反覆「悟」出來的。後來老師告訴我們那個叫做 blanket stitch（毯針），毯針就是地毯邊邊上那些直角的針步。這個譯名，是我胡謅的，中文字典辭書叫那做「毯邊鎖縫針」。當時我連地毯都沒見過，見過的話就不難想像了：布邊上一針扣住一針，把直線扯成轉彎的針步。開鈕門真是高深學問。既然要在衣襟上剪洞，切口將散欲散的，就得補救——何況我們是故意剪開這個缺口的呢？針步都完成後，散亂終必變成了圖案：鈕門和扣子，像好看的微笑，和白珍珠色的牙齒，一扣合馬上成為臉上最明亮的焦點。

人長大了，故意和某些本該相連的人分開一下，為的是捧出一個比平凡衣料更美麗的扣子。某些人我能夠愛，但不能太接近。一旦過分親暱，就無法繼續愛了。哪個香港人沒想過自己對中國的愛是怎樣磨蝕的呢？愛同胞容易，愛中國更容易，但愛吐痰的路人卻非常地難，愛那些輕看廣東話的北方老兄非常非常難，愛那些在地鐵車廂裏小便吃東西最後破口罵人的「鄰舍」最最困難。從概念到經歷，我們若學會剪開、流血、療傷、復原和對話，各退一步，讓出對望的距離，面對面地懷念對方，中間的空，就能夠容納把衣襟兩邊緊緊扣連的鈕扣。「鎖邊」，大概就是不再袒露傷口，不再人身攻擊、不再胡說八道的意思吧。

母親去世幾年了。她臨終時，我在她耳朵邊說，媽媽，我們會相親相愛，您放心走吧。這是極難履行的承諾，但我們都很努力去做。她病重時，我們姐弟三人為治療方法大大地吵過。就在神醫和西醫之間、隱瞞病情與坦誠相告之交叉點上，我們一一都跌落意氣之爭的黑洞裏，走不出來，乖離了愛母親的本意。如今數載過去，我們才開始修補那幅本來美不勝收的手足之圖。可是，就好像密密麻麻的十字繡，全靠微不足道的小針步組成，任何一針都只會刺下、刺下、再刺下，拉扯、拉扯、再拉扯，一言一語，盡都是艱難的點畫法，如同清明小雨帶來的微痛觸感，向著某種視野進發，卻無論做多少，都只略見眉目。但日子有功，漸漸，姐弟之間一起旅行，吃東西，打撲克牌，碰到甚麼都哈哈大笑，大夥兒又回到了小時候的親密之中。因為無聊，所以胡說，因為好奇，所以八道。拿著飯碗胡說八道模糊了分歧的過去。聖經早就明言：愛裏沒有懼怕，我們終於克服了各自成長帶來的恐懼。最後的針步完成，十字繡鮮明潔亮；兄弟之愛不像愛情浪漫動人，自然也沒有愛情的狂喜和悲哀。中國刺繡太生動，我還是喜歡西方十字繡那種略覺呆滯但穩定和平的喜悅感。像修拉掛在大英美術館的那張畫，無數的小點已經渾融成一體，結合成信息。

拿起一根針，總會想起聖經的警告：有些人要獲得救恩，就像讓駱駝穿過針孔一樣困難。但針的大小和針孔的寬度是由上帝決定的，我並不擔心。在祂的大手裏，若祂願意，莫說駱駝，恐龍也走得過。我們這群駱駝隊串成的長線，原來還一直留在針孔的中央，向著一邊走。那是一條隧道，光在一頭呼喚。我們一代跟著一代緩慢地移動。我問父親信不信冥冥中有主宰。他說他信。那就是天父手中的針所帶動的一小步。我們看不見的全景，畢竟自己已於扯動時的張力中前移了。我繼續和他一起打機 —— 他打他的平板電腦，我打我的智能電話，一面說著關乎生死的閒話。電視機的聲浪裏，我們的針步緩慢地加增。加油，爸爸，您一定要走到針孔的那一頭，走進永恒的大光裏。

從老房子到小山坡

(一)老房子種種

我很小的時候住在廣州一幢「洋樓」裏。

大廳有陽台,舉凡晾衣種花劈柴擱掃帚,都在那兒進行。陽台石欄已經崩壞,媽媽禁止我們走近,但我們總不聽話。陽台對下有一口活井。我們不得上街,但孩子的心總愛往街上闖。於是我們蹲在石欄邊,把脖子往外盡量伸出,手裏拿了些小石子、小罐之類的東西,對準井口就扔,中了,井裏會響起叮咚水聲,使人非常興奮。

從大廳走到「尾房」,路程足足二十米,靠牆那邊有個高窗,外面是另一幢房子的天台,那是隔壁孩子的聚腳點,貓的天堂。我們的貓很少待在家裏,除非外婆叮叮敲響搪瓷碟子；我們家的老鼠也從未絕跡，貓是黑是白，我一點印象都沒有，只記得自己總會走進高窗投來的那一片陽光裏玩。光柱裏有好多塵，它們總是閃閃發亮地在慢慢降落。

尾房有一大列窗，下面有人賣可以吃的、像甲由一樣的可怕蟲子，叫做龍虱，是一種水蟑螂。我記得自己當時很喜歡吃，竟然一點不害怕。尾房夠大，冬天時，一家幾乎全搬進來，因為下午有大太陽，夠暖和。但五月一到，我們又得七手八腳地搬回頭房和大廳，尾房立成禁地。媽媽説那兒西斜，太「蒸」，人站一會也會感暑。就這樣，我們在家裏搬來搬去的，很是有趣。遇上酷暑，媽媽還准許我們拿幾張草蓆放在大廳光滑的花磚地上睡覺。這種日子特別叫我們興奮，儘管睡到半夜會有四腳蛇掉到脖子上，貓群會在我們身上跳躍追逐打架。

媽媽忙著時，我一聲令下，弟弟妹妹就會學著我，每人抱一個痰盂，偷偷走進尾房，三人向著媽媽的全身鏡櫃坐下，大家一面説話一面扮鬼臉一面認真地拉屎。真難以置信，我們總能同時拉出不少東西來。當時，痰盂用途特多。晚間一定要帶進房間做尿罐，否則要走過又黑又長的走廊上廁所，必怕得半途就撒尿。

我八歲隨父親先移民香港。文革時，紅衛兵進佔我家的大廳和頭房好幾個月。他們離開的時候仍不知道尾房養著兩個安靜的小朋友。他們就是我的弟弟和妹妹。

今天，老房子給拉下了。但在我所有的夢境中，無論場景是餐廳、是學校還是辦公室，那方位、那空間，其實總是我們的老房子，地上有我熟悉的花磚。

（二）火車

小時候，我對新奇的東西都極有感覺，火車自不例外。因為跟爸爸移民香港，火車總讓我聯想到某種意義的勞碌和分離，給我的感覺非常複雜。

老家在廣州，我八歲就給寄養在長洲；爸爸身影飄忽，他於不同時間住在各個不同的打工地區。每逢寒暑二假，他就來到小島把我帶回廣州去。假期完了，我們又回到香港來，我上學，他重新找工作。

回廣州的日子，我們半夜就起床。父女倆背著挽著幾個巨大的行李箱，登上難得一坐的計程車。黑暗中，車子開往尖沙咀。那裏有一個鐘樓，所有火車都從那兒開出。天色黑如故，但在那高高的鐘樓下，車站已開門賣票，且滿佈望鄉人模糊不清的臉和因負重而彎曲的身影。金黃色的燈光從裏面湧出，抹亮了天星碼頭一帶。小小的我緊隨著爸爸寸步不離，等待著節奏明快的火車旅程，等待著黃昏的時候可以見到母親。

九廣鐵路香港段，火車燒柴油，臭得很。車上設備簡陋，好在有賣雞腿的小販。爸爸必買給我吃。不過，因為帶著我，他手腳慢，我們沒椅子坐，他就讓我坐在最堅實的行李箱上。那時的行李箱沒有輪子，難帶，卻坐得安穩。

下車了。爸爸會在人人都站起來排隊的時候，突然拉住我坐到騰空的椅子上。他敏捷地打開窗子，把行李箱一個一個摔到外面，然後自己跳了下去，再叫我爬到窗沿上坐著。我看見他張開手臂，就放心一躍。我們比誰都快地下了車，往關口直奔。

一過關，就是大陸，我知道過了關就要特別乖。眼前到處都是泥地和粉牆，牆上有很多簡體字標語，一切都破爛得很，但內地的火車卻特別舒服，有劃定座位。我特別喜歡座位中間的那張小方桌。那小小的空間，實在美妙。像用一個碗從一大缸水裏面勺起了那小小的一碗，只屬於我。不久，真的有賣茶的經過。他們會先放下一個有蓋的白瓷杯和一包茶葉，過一陣子才來沖水。那水總是不夠熱，茶葉要泡很久才打開，但人口渴，茶格外地香。接下來幾小時，爸爸還會帶我到「餐卡」買飯吃。在火車上有餐廳，多好玩哪。記得那兒賣的榨菜肉片飯，非常美味。

汽笛響了，火車輕輕一動。廣播器裏面一位姐姐用普通話說：「旅客們，同胞們……」然後是〈歌唱祖國〉的合唱。「睡一會吧。」爸爸說。轉動的輪子細細敲打著我貼在爸爸胳膊上的耳朵，敲著敲著我就長大了，爸爸變成老人，火車也變成了港鐵，裏面不得吃東西，廣播裏的普通話也少了點北韓女主播的朗誦腔調。

(三) 島

父親把我放在長洲，打工去了。我和「婆婆」住在一間石屋子裏。「婆婆」並不老，純粹因為她是祖父的妾，才得此奇怪稱呼。其實我常常看見她狼狽地處理一褲子的鮮血，她還在為不大正常的月事煩惱呢。那一年我八歲，讀小學，剛好趕上那個三、四年級才開始學英語的年代。

「婆婆」雖然是廣東人，但在上海長大，很有張愛玲筆下淳于敦鳳的韻味。我媽恨她，因為媽和我祖母親厚。我爸也恨她，因為她是我爺爺奶奶之間的第三者。我不恨她，但也不愛她。她話不多。我是個急性子，她是個慢郎中。我不酷愛女孩子喜歡的東西，只愛看書和胡思亂想，她嫌我男孩子氣。她說，她為爺爺帶過好幾個孫女，數我最不像閨女，最愛問問題，也最糊塗莽撞。

「婆婆」後來請了舅太婆（她的舅媽）來同住。「婆婆」死後，舅太婆就一個人在這石屋子裏終老，幾乎活了一百歲。後來我長大了，漸漸明白「婆婆」這個女人的人生甚是悲哀。她的男人三數個星期才毫無預告地出現一次，當天下午就走了。她被困在小島上，像一隻小貓那樣被豢養著、「寵」著。我說「寵」，因為我的親奶奶在九龍和爺爺一同辛勞工作，十分辛苦。爺爺知道，若不把「婆婆」收得那麼遠，看她看得那麼疏落，實在對不起天天與他在深水埗同甘共苦的祖母。

那時的長洲到處是菜田，旁邊有糞池。為了不讓它臭味四散，村民用草蓆蓋著。我就這樣踏了上去，掉進深深的糞池裏去了。不知何以做得到 —— 我竟掙扎著爬了出來，跑步回家開了水龍頭照頭淋了好久，然後換衣服。到「婆婆」和我媽媽去世，她們都不知道發生過這樣的事。知道此事的只有當時在某個陽台上看著我出事的一對母女。她們的樣子很焦急，我從沒忘記她們。我還從同學那兒惹過頭蝨。我自行拿了一盆煤油（火水）來洗頭，洗過了，又用勞工梘把煤油洗淨，然後坐在天井上把頭髮吹乾。

我就是這樣一面照顧自己，一面讀著母親從大陸寄給我的書長大的。從長洲回到九龍的時候，我已經會買菜、做飯、修理家居用品、洗衣服和打毛衣，但我不會過馬路。

我還從「婆婆」那裏知道了一事：依附男子的女人是淒涼的，但女人可以做的不多吧？「婆婆」每天晚上把自己種的茉莉花摘下來，放在一個醬油小碟上，帶來滿室清香。但那種香很快就被蚊香的濃烈氣味掩蓋了。「婆婆」弓著身子，躺在床的外緣，聽説她很難入睡。我則喜歡受保護的感覺。到現在我結婚多年了，我的床還是要靠牆，而且我必睡在內側。

（四）我們的小山坡

中學時遇上一位非常有性格的同學，她的聰明和漂亮，一直吸引著我。她對人的感情極為激烈，後來我才曉得，那是不自覺的操控傾向。

這位同學小時被父母遺棄，後來由父親一位好心的友人養大。我的家庭也是支離破碎的——雖然父母感情很好，但一個在九龍，一個住廣州；我則整個小學階段都給擱在長洲，不免也有點自憐。可以説，我們的童年不無相似。

我從來沒有惹過這位小姐，我們根本不同班。她呢，從小就針對我。在她眼中，我說的話，我做的事，我笑或哭全都是錯的。從其他同學那裏聽到這些惡評，我覺得深受傷害，並已經在潛意識裏慢慢建立起負面的自我形象。到了中五，在會考壓力下，這位同學竟然主動與我親厚。她的幾位死黨覺得極度奇怪，因為她口中的我向來一無是處。

我沒有拒絕她，甚至覺得那是一種期待已久的和解。我們天天走在一起，一同溫習，一同吃喝聊天，哈哈大笑，連老師都擔心起來。一日，她告訴我，我有一個很大的缺陷——我是個 incapable of affection（無法與人親密）的人。那一刻，我竟然無條件地就接受了那句話，對自己徹底絕望了。後來，我和許多人的關係，都受到這話的深刻影響。即使結了婚，信了主，我還是對自己缺乏信心。

我們熱烈地「要好」了幾個月，坐在學校大草地東面的小山坡上無所不談，包括喜歡哪些男孩子，都說得清清楚楚。她不開心的時候，我陪她，她哭得氣喘了，我放棄了學校的聯歡會，送她回家。但有一天，她忽然恢復了對我的不屑和冷漠，從此再沒回頭。

輔導員聽了我這段小不起眼的感情插曲，淡然說：這是一種欺凌。

移民加拿大的另一老同學打電話來聊天。我跟她提起輔導員的話。她說：「啊，原來你不知道？那時我們全部都曉得她是個欺凌者（bully）。」但是，她又說：「你聽好：為何只有你被欺負了？為甚麼她不能欺負我？因為我不讓她這樣做；所以我說你也不對。」我這位好友也是個輔導員。她語言嚴厲，但解決了我的問題。我的天空忽然全亮了。

回頭一看，成長真不容易。我又想起在學校的小山坡上我倆如何坐著胡亂說話。現在，這個山坡給建成了一家巨大的酒店。歷史被壓碎了，但我們仍住在同一城市內，過著天父賜給我們的好日子。我心裏沒有怨恨，只有經歷，以及經歷帶來的巨大智慧。

懷念母親宋慕璇女士

母親走了。2005 年 12 月 17 日下午 5 時 49 分走的。爸爸、弟弟、妹妹和我，振榮和我們的小兒子、女兒，還有媽媽的特護吳姑娘以及在我們家裏工作的 Linda，都在媽媽身邊。我們吃過午飯，知道媽媽的血壓已經低得量不出來。醫生說，她會在幾小時之內離開我們。下午，媽媽的呼吸愈來愈微弱，胸口的起伏也愈來愈小，最後，她很輕很輕地吐出了一口氣，一切靜止下來。

母親在這紛亂的世界生活了七十六年。古人說，人生七十古來稀，可是，今天香港女性的平均年齡有八十多歲，我們覺得她實在走得太快了，兒孫之福還沒享夠。不過，母親的一生，仍可以說是幸福的，晚年尤其安樂。

母親的童年頗為坎坷。我外公是個風流人物，他身邊的女人不止外婆一個，外婆心裏難過，有時會帶著媽媽往娘家跑，媽媽從小就過著流離的生活，經濟雖不錯，卻缺乏安全感。不過，外公對這唯一女兒的感情很深，近乎溺愛。外婆卻是清醒的人，她對母親管教嚴格，尤其是在待人處事方面。外婆仁勇雙全、才德兼備，是母親和我們幾姐弟的優秀榜樣。

在外婆的調教下，母親的文藝才華漸漸顯露。她在寫作、音樂和美術方面天才橫溢，讀書雖然不算用功，卻經常出人頭地。她念完了小四，就跳升初中一。在學校裏，母親是個頑皮的孩子。聽說她常常戲弄老師，可是老師們對她卻疼愛有加，因為她實在聰穎可愛。媽媽對同學、親朋都很友善，知交極多，我們從小到大經常看見媽媽的好朋友來訪，看著他們談天，我會偷偷學習他們的用詞和神態。

1949 年，媽媽本已來了香港，可她因為愛國，決定回到祖國升學。結果，媽媽考進了廣東省藝術專科學校音樂系，後來又轉到了美術系，在那兒認識了父親。他們一起參加了土改，度過了兩年困苦的日子。回來後，省藝專歸併入廣州市華南人民文學藝術學院，二人就一起從文藝學院畢業。他們在學時已經開始談戀愛，是當時公認的一對璧人。聽説，媽媽打算工作一段時間才結婚的，可是有一天，祖母竟然作主把大禮送到我外婆家裏去了，媽媽就這樣提早嫁給了父親。

我父親的美術天分很高。父母結婚後，媽媽一直鼓勵爸爸在事業上發展，自己的才華反而擱在一旁了。我年幼時母親當了很久的語文教師，我們碰上街坊，不時聽見有人稱媽媽為「宋老師」。

我八歲那一年，父親就帶著我來到香港生活。起初我很想念媽媽，天天都哭。爸爸説，媽媽「下個月」就會來香港和我們一起了。可是，我一個一個月地等，媽媽都沒來。她來的時候，我大學已經畢業了。這十六年，母親帶著弟弟和妹妹，在內地掙扎求存。我用「掙扎求存」四字，一方面因為當時文革開始了，媽媽有「港澳關係」，不免要受許多苦；另一方面，是因為我們很窮。爸爸那時在鴨寮街擺一個小攤賣二手收音機，收入極少，他盡量把錢寄回廣州老家了，可是母親須要供養外婆、教育弟妹，實在不夠用。為了幫補家計，媽媽做過很多工作。教師的工作沒有了，媽媽就去描機械圖，更因此得了腰肌勞損症，痛不欲生。後來，媽媽又去給毛主席胸章上油，長期吸入有害的化學物質。她還試過為國家造磚頭，用腳踩水泥，踩著碎玻璃，弄得一腳都是血。不過，這還不是最可怕的，可怕的是此起彼伏的「運動」、「清算」、「鬥爭」。媽媽怕弟弟妹妹（當時他們已經是青少年了）要上山下鄉，怕和相依為命的孩子分開。本來開朗樂觀的母親，漸漸變得憂心忡忡了。

憂慮是可以殺人的。四十三歲時，母親患上了乳腺癌。可是她一點都不怕，反而覺得很開心。為甚麼呢？因為如果醫院證實她患了癌症，我弟弟妹妹就可以留在城市了。那一次，幸好手術做得早，媽媽康復了，弟弟妹妹也沒離開。可是，手術後沒有條件調養身體，母親的體質變差了。

母親雖在內地生活，但一直沒有忘記對我的教育。記憶中，媽媽每隔幾天就寫信給我，囑咐我用功讀書、孝順父親。我小時候住在離島，媽媽知道我沒有好書看，就從廣州買書寄給我看，讓我在豐富多彩的文字世界中找到了心靈的避難所。小學畢業時，我估計自己已讀了二百萬字。

父母對婚姻的忠誠、對配偶的忠貞，使我由衷地敬服。今天香港，每三對結婚，就有一對離異。我父親長得英俊，要在香港開始另一段關係，尋求異性的慰藉，實在易如反掌，可是他沒有這樣做；母親在文革時期的大陸帶著兩個孩子生活，即使尋求寄託、再嫁他人，也無可厚非，可是她也沒有這樣做。他們的專一和相愛，堪稱典範。

母親在 1978 年來港，和我們一起生活。後來弟弟也來了。不久，妹妹在廣州也有了自己的家庭。母親和父親終於可以有正常的夫妻生活了。那時候，我們的環境仍不太好。我們家裏連電冰箱、洗衣機都沒有。媽媽一方面要工作，一方面要做很多家務。我們一家四口，住在一個小房間裏，我和弟弟睡在雙層床的上層，父母睡下層，十分擁擠。來到香港，媽媽依舊沒有苦盡甘來的舒適，和爸爸一樣，有的只是勞苦愁煩。春節到了，媽媽想買一隻雞團年，但看看存摺，全家的財富只有一百多元，而且仍欠著親戚朋友的錢，於是她只買了幾隻雞翅膀來作主菜。那件事給我的印象很深刻。

之後的日子，我們的生活漸漸豐裕起來了。弟弟做生意，我教書，父母親都可以退休了，媽媽才真正可以過好日子。算起來，母親能夠放下一切跟爸爸去玩樂，也不過這十多年的事。可是，媽媽並沒有忘記父親心靈上的需要。她開始用我們給她買東西吃的錢，把爸爸久違了的畫具、毛筆都買回來，鼓勵父親重新作畫、練書法。結果，她成功了，父親再度開始創作，畫了幾十幅水彩，也寫了許多字。2000年復活節，她在浸會大學為父親籌備了他平生第一次個人畫展，一年後，又為他在國內搞了一個書法展，讓父親盡展所長。父親心裏很感激媽媽。他知道，媽媽也很有才華，但是為了他，她忘記了自己，盡心盡力地幫助丈夫圓他的藝術夢。

這數年來，爸爸仍在作畫，每一次，媽媽都稱讚他的畫畫得好。可是爸爸沒有再開畫展了，他是不折不扣的閒雲野鶴，最討厭和展覽有關的行政工作。爸爸的新興趣是旅行。媽媽就陪著他到處旅遊。可惜，母親的身體漸漸走下坡，心血管毛病日多，無法乘長途飛機。爸爸也就放下了許多旅行的打算，陪媽媽參加一些短線的旅行節目，許多時和老同學們組團去玩，羨煞我這個忙碌的「旁」人。

2004年冬天，媽媽説胃痛。起初醫生當胃病來治，過了幾個月。到瑪嘉烈醫院照過胃鏡，醫生説沒事，我們放了心，又耽擱了一段時間。二月底，媽媽的病終於證實是胰臟癌，癌細胞開始擴散。我們沒有很清楚地告訴媽媽她已經病入膏肓，可是我知道她早就猜到了。醫生説，母親只有三個月左右的壽命，電療和化療都沒有作用了，讓我們去試中藥。媽媽吃了一段時間的中藥，沒有好轉。

病中，母親非常堅強。她常説：「人總有一個死法，我不怕死。我只是不想痛。」為此，我們請來一位止痛專家，在母親的腹部安裝了一部小小的機器。它能夠定時向中樞神經發藥，把痛楚減到最小。因此，在最後的日子裏，媽媽得到了一點點安舒，可以和我們閒話家常。這時，母親已經瘦了幾十磅，虛弱得不得了，吃不下甚麼東西了，可她還是掙扎著坐到飯桌前陪我們吃飯。在醫院裏，身體很不舒服的時候，她還是會努力跟醫生和護士説笑。一次，護士找來找去都找不到她臂上的靜脈，因為她已經太瘦了。被護士們稱為「找血管手勢很厲害」的醫生只好親自出馬，努力尋找那條小小的、藍色的血管。可是，連醫生也失敗了。媽媽那時其實已經給針咀弄得很痛，可她還笑著逗弄醫生：「幸而你沒有鬍子。」醫生很奇怪，低頭問：「為甚麼？」媽媽説：「要有的話，鬍子就給燒光了。」我們這才知道媽媽在笑他「老貓燒鬚」。母親聰明、堅強、樂觀和開朗，接觸過她的醫護人員無不知道。

　　母親離開了。之前的一段日子，我每次為她禱告，她都盡量拉著我的手，無論多辛苦，都會用力説「阿們」。我深信今天上帝已經聽了我們的祈禱，把媽媽接待到天國裏。媽媽在地的一生完結了，帶走了我們生命的一部分，卻留下了更多。母親，我們永遠懷念你。

媽媽去後

媽媽去世以來，我夢見過她幾次。第一個夢頗為恐怖。一天清晨，振榮早起上班去了，我還在睡。忽然，我看見媽媽就躺在我右邊，貼著牆壁仰天而臥，一身穿黑（媽媽不多穿黑），眼睛睜得老大，很不高興的樣子。我說：「媽，您不是已經去了天國嗎？」她恨恨地說：「沒有，我進不去。」聽得我毛骨悚然。然後，我對耶穌基督的信心提醒我：這只是我的心結引發的幻象，不是我媽。無論她進了天國沒有，她都不可能回來躺在我身邊。就這樣我清醒過來，床上只有我自己。

但起來後仍不免難過。媽媽是 2005 年 12 月 17 日的黃昏離開我們的。我們一家聚精會神地看著她瘦得剩下骨頭的臉在最後的呼吸裏細細地起伏，落入一種比悲傷平靜、但比悲傷深沉的靜默裏，眼睛一直沒有離開她。午飯前，媽的脈搏已經把不出來，血壓也量不到了，脹脹的腳紫黑漸多，手心發出一種抑鬱發黴的惡臭，總覺得那是一種瘀血一樣的味道。妹妹說那是腎衰竭的氣味，因為身體的廢物只能從手心滲出了。媽媽的頭顱骨一向很大，臉本來是圓圓的，但如今出現線條分明的腮幫子和尖小的下巴，小得可以捧在掌心似的。她的嘴巴微微張開，有節奏地、小口小口地吸入空氣。我總覺得那口氣只吸到她的上顎，又給細細地吐出來。我問自己：這就是死亡嗎？這就是最後的送別嗎？我們在世上重疊的路，就只剩下這一小截了嗎？

第二次夢見媽媽，媽媽還在她自己的房間裏。一屋子的白色和粉綠，明亮的光管燈，熱鬧的聚會。廳上坐著許多客人，都是親戚。其中有一個女孩，大概十七八歲。我忽然記起那是新春，要給她紅包。我身上沒有，就進房間去找媽媽。媽媽給了我幾個，我拿著去應付情況。看看手上的紅包，卻是透明包裝的話梅糖，還有紫色的葡萄。我偷偷吃了葡萄，手上有好些果核，也有幾條小葡萄枝。走到大廳，飯桌前竟又多來了幾個孩子，「紅包」不夠。我折返媽媽的睡房，就醒來了。夢中的媽媽和我，又回到了往日平靜的家。媽媽在生的時候，我總是因為預備不足要向她借紅包用，也總在她那邊不停地吃零食。媽媽疼愛孫兒，但其實她極度害怕小孩子，因為沒有精力應付他們。這個夢裏許多遠房親戚的孩子和少年人，也沒跟我們說過甚麼話，只在那裏自顧自地遊戲。

媽媽臨終時，我常常坐在她床邊。但媽媽一直很客氣，就好像我是某個遠房親戚的孩子，而不是她的女兒。她的癌腫讓她很痛，有時候要轉一個身，換一件衣服都須要人扶一把。我伸手幫她，她總是撥開我的手，讓妹妹做、讓工人做；我站在那裏，手已經伸出來了，但每次都落了空。我弟婦一次靜靜問她為甚麼這樣對我，又說我的感受會很不好。媽媽告訴她，她已經把最好的給了我，因為她早就把我送到香港來了。

做完了第二個夢，我竟有一種感覺，覺得自己已經與媽媽和好了。媽媽和我有甚麼不和諧的地方呢？具體的我也說不出來，只「覺得」自己一生都沒得到她的疼愛（其實這該不是真的）。準確一點說，我覺得她最愛弟弟，次愛妹妹，我是她最不喜歡的孩子。媽媽說過，那是因為我太驕傲。她覺得我跟爸爸到了香港，成了香港人，就看不起大陸人的妹妹和弟弟了。我的感覺剛好相反。我覺得大陸人認為自己是一切的正宗：語文好、文化高、深度夠，懂得人際之間的周旋技巧，也通過了最大的政治考驗——文革，是最強韌、最能熬苦、最有實力的中國人。香港人呢，只會講幾句蹩腳英語，不過一群城市文化的淺陋暴發戶。其實，媽媽不能從我的角度洞悉我成長的孤單，我也無力從她的立場領受家庭的歷史，只此而已。

再後來我又做了一個夢，夢中的我，原來只是養女。夢裏過了些時，我發現原來妹妹也是養女。最後我終於知道弟弟是她親生的，不自覺地鬆了一口氣。我想起自己小時對這個最小的弟弟的愛。我愛得那麼深，那麼「肉緊」，來到香港時還是那麼惦念他。到了讀大學的時候，我買了一雙很漂亮的紅色球鞋給自己，改天就夢見也買了一雙給他。但是，那時我們姐弟很疏遠。如今，我也許可以代替媽媽，好好地愛我這個弟弟了。我去買衣服的時候，會想到買一件給他。每次他從東莞的工作地點回到香港來，我都會和他、弟婦和老爸一起「鋤 2」，胡鬧一番。這種復活過來的愛，讓我漸漸明白了母親最後的心事：她放不下弟弟。恩怨情仇，無孔不入，家庭的隙縫不能免疫，自古如此，雅各以掃，最後還是抱頭痛哭。鑰匙只有一條，我要原諒媽媽的偏心，更要原諒自己的不孝。

今年春天，我有機會跟一位年長的前輩詩人乘吊車上山玩。我們在鳳凰山上走了半天，坐下來喝茶。前輩說起他過世不久的夫人，也提到了一件事。他說女兒跟媽媽慪氣，一直不大跟她說話。到他夫人病重，女兒坐在她床前跟她和好了。媽媽撫摸女兒的頭髮說：「你長得好慢哪。」故事還未說完，我就哭了，弄得他很尷尬。我靜下來的時候，覺得他就是我的爸爸。我爸爸雖然是個聰明的老人，但他沒有他那種纖細的感情。其實前輩臉容憔悴，話都沒有力多說。很明顯，夫人走後的這些天，他還沒有恢復過來。那件事一直在他心上。你長得好慢哪——母親可能也會這樣對我說。

媽媽給送進醫院殮房的時候，妹妹和我在一起。我們向媽媽深深鞠了一個躬。我彎下身子的時候，淚水奪眶而出。那是一浪龐大的感激，洶湧澎湃。我心裏說：「媽媽，感謝您帶給我生命，懷抱我，養育我，還把我送到香港，讓我有這樣美好的成長。」我想到自己的兒女也已經長大了，一代人的責任完成了。我又想到了許多人在不知不覺中來了又走了，雖然無名於社會，且很快就給世界忘懷，卻都無法言詮地偉大。

如今我只剩下爸爸了。一天，我在地鐵站出口走著，忽然想到老父已經八十歲，可能很快也要離開我們，瞬間就熱淚盈眶，站在街頭無法往前走一步。我想起幾十年前一個自稱懂得看面相的傢伙。他是個間接朋友，一天隨姑丈來和我爸喫茶。那時他一口咬定我爸過不了四十五歲，而那是無法躲得過的大劫。當日我尚未信主，一家聞言都非常焦慮。如今證明他錯了，我真還想找他出來罵他一頓，但說不定他早已作古了。不過，這經歷反倒讓我對天父的龐沛恩典更有意識。但我是那麼貪心！我希望父親只比我早走一秒鐘就好。是的，我要比他長壽一丁點兒，我不能讓他看著我先死，這就是我對父親的一點點孝心了。

洞

我的耳洞是讀大學的女兒帶我去打的。那天來到了旺角中心二樓，我這五十出頭的女人穿插於少女叢中，不免尷尬。各種頭飾圍巾時裝花鞋和粵語流行音樂帶來許多感官幻象。來到打耳洞的小店子裏，老闆娘說了很多話，諸如怎樣選擇耳洞的大小、怎樣保護傷口等，我還未聽明白，啪的一響，耳朵已經不再完整了。

打耳洞是我對母親的反抗。那時母親患胰臟癌病重，常進出醫院。我去打耳洞，不是要刺激她，我只是想趁她仍在的時候告訴她我已經長大了。老同學不以為然，認為那太不孝。母親看見我戴耳環，果然非常反感，又說她說了幾十年的話：戴耳環的女人沒文化，你在大學裏教書，怎麼這樣庸俗？

母親當然沒有耳洞。她從來不長尖長指甲，不化妝，不穿大紅大綠的衣服。在她的薰陶下，我從小就歧視打扮的女人。

母親是個聰明絕頂的女子，讀完了小學四年級就升中，從未學過鋼琴竟考上廣州文藝學院的音樂系，忽然又轉到美術系去學畫。當然，那些日子誰都沒法好好上學，因為年輕人都參加土改去了。父親和母親，就是在美術系相識的，當年兩人談戀愛，跳舞、打橋牌，受盡親共老師同學的批評 —— 小資產階級趣味，是他倆一直承受的罪名。其實母親也不是不打扮的，只是品味不同。我有她很多漂亮的照片：五十年代的大專生，穿大格子寬身毛布襯衣，摺腳牛仔褲，十分前衛。性格上，母親像占士甸，敏感而抑鬱，且非常自我中心。

我知道她為甚麼對脂粉一臉的女子如此痛恨。外婆基本上是個樸素的女人，但也有愛美的一面：她身穿黑色香雲沙，腿長，足踝纖細，腰肢瘦得像能飄起似的，頭髮卻長、黑、濃密、遒韌而發亮。她書讀得多，書法尤其清秀，曾考上醫學院，可惜還沒進大學就嫁了。外公小她四歲，天才中醫一名，英俊而好色。他愛上了一個歡場女子，歡場女子卻因肺癆死了。死前向我外公託孤，外公就捱義氣娶了她妹妹。那就是我的小外婆。這位小外婆正是一臉脂粉氣、只會獻媚但全無才華品味的女子。於是母親把女人簡單地劃分成兩種。一種是端莊而飽學的，一種是靠美色找活兒的。

1962 年，我八歲，父親帶著我來港生活，母親和弟弟妹妹則留在國內，三人等中共政府批發單程證。可是，他們一等就等了十六年。其間外婆病逝，母親頓失依靠，身邊還有十三歲的妹妹和十一歲的弟弟須要照顧。父親在港，與我相依為命。他一直辛勤工作，從建築工人做到小販，成天到晚一身臭汗。可是，在母親的想像中，父親身邊總有些戴耳環的風塵女子自動獻身。我説沒有那種事，她就覺得我太單純。是的，我單純，但她也許更單純。那時我想，如果父親要跟哪一個女人住在一起，必因為他在勞苦的歲月中真正地愛上了她，這與戴不戴耳環無關吧；苟真如此，才是真悲劇。但母親的話，不知不覺，潛移默化地把她在港、穗二地成長的兩個女兒都培養成拒絕戴耳環的女子。

對我來説，母親一直只是個影子。我從小就渴求她的愛。我四歲那一年，妹妹出生了，母親不遺餘力地照顧她，把我交了給外婆。外婆常帶我去看粵劇，我卻感到遭母親遺棄，久而久之，竟發展出對粵劇的憎恨。我幼稚的心靈裏對母親有很多需要。我希望母親陪我睡，我想她替我洗澡。我最想她把我留在家裏，讓外婆帶妹妹上粵劇院。後來我離開了媽媽，來到了香港，對母親思念益切。可是，每次回穗，母親的焦點是爸爸，爸爸的焦點是弟妹，我還是給留在一旁（從我的觀點看，確是這樣）。為了不那麼難過，我埋首看書，看完睡，睡完看，漸漸落入一種龐大寂寞中。

往後，我不斷追求母親一句稱讚的話，我穿她喜歡的衣服，我要做個讀書的有學問的女孩。可是，母親同時不斷來信，要我放棄學業到工廠打工以幫補家計。我無法把這兩種要求全部完成，選擇了半工讀（從中一起就給小朋友補習），惹得父親很生氣，他埋怨我只顧著自己，連母親和弟妹都置諸不理了。我帶著非常沉重的心情考進港大，卻從此被父母列為最不懂事、最不孝順的孩子。

母親來港之時，我已經二十六歲，正在研究院繼續半工讀生涯。

2005 年頭，母親患上胰臟癌，一家人很震驚。我剛好遇上新猷不絕的新上司，忙得要命。壓力和焦慮使我每天都要服用安眠藥，才能休息。日間往來於大學和醫院之間，非常緊張、疲累（幸好醫院就在大學旁邊）。可是，那段艱苦的日子，並沒有讓我感受到母親的愛。我想都沒想過，生離死別在即，母親對我更疏遠了。她變得非常客氣，看待我如侄女、姨甥。她讓妹妹服侍她，跟弟弟喁喁細語，對我卻像待客人。我心碎了，最後還要花錢去見輔導員。

輔導員很直接。她說，感情需要基礎。你和她分開生活，她無法和你發展深厚的感情，你不能怪她。她又說，你快要面對至親的死亡了。到令堂離開的日子，你要讓弟弟和爸爸拉住她的手，你自己，則應該站得遠一些。這是你必須接受的事實。我對著輔導員哭了好久。母親昏迷八天後的中午，她的血壓開始一直下降，脈搏怎樣都摸不到了，手心更滲出腎衰竭的臭味。弟弟妹妹站在她旁邊，我則退到外圍。母親停止呼吸，院方把她打包，然後拉上了拉鍊。最後我在殮房向著母親的抽屜深深鞠躬。我的心情湧動非常。一息間，我覺得自己和她不再是母女，我們只是天父所造的兩個個體，塵世上，我們是親人，但我對她的感激，不光因為我們是親人。我感覺到我們如今已經脫離了身份，因此格外悲傷。她把我帶到世界來，她養育我，然後從世界剝落，我卻仍留在這裏。我們在不盡相同的時間空間在世上存活，部分重疊，分開的部分對方無法參與，她的少年和我的晚年，在對方看來都是一個謎。那天她說：女兒，忽然你也在這等年紀了，那一刻，我傷感得說不出話來。我的愛沒有消失，卻凝結了，母親彌留之日，我已經成了她生命中的局外人，這種痛苦和孤單，難以讓父親和弟弟妹妹明白。

有時經過反光的玻璃，我瞥見自己的身影。我開始明白，每個女人都長得像她的母親。我穿的衣服，我喜歡的鞋子，我選擇的圍巾的顏色，我的髮型，都是母親的愛好。只有我的耳環，小巧而尖銳地證明我並不是她。母親臨終前幾個月說我戴耳環很難看，戴耳環的哪裏像個有文化的人？我竟回嘴：「我沒說我是。」說完了，又再加上：「大學裏不知多少教授講師都是戴耳飾的，一點小趣味而已，何必介懷？」父母黑了臉，不做聲，我的革命卻哀傷地完成了。

母親走後，我從來沒在父親或弟弟妹妹面前哭。冷酷無情，成了他們口中我的風格。我一個人井井有條地把整個喪事辦完，弟弟妹妹都沒幫忙，只是典禮時參與。每到深夜，我打開蓮蓬頭，讓水柱猛力衝擊，淚水這時才泉湧而出。

五年後的今天，我終於把安眠藥戒掉了。我想起輔導員的教導：要接受，不要曲解，母親是愛你的，只是沒愛到你想要的那種程度。那時我一面流淚，一面點頭。如今我常常忘記了戴耳環，而耳洞竟日漸縮小了。每次把耳環插進去，都感到它們的尖銳，和耳洞的狹窄。鏡中的自己，竟比誰都更像母親。

蝦子香

情人節前夕，孩子們深夜未睡，對著烤箱嘰嘰喳喳，姐弟倆在做小杯子巧克力糖，又炮製了一個軟軟的穆斯蛋糕。我在旁點數著那些精心設計的愛的禮物，讚口不絕，心情卻開始淪陷。寂寞像黃昏漲潮，水色模糊且散發著一點點酸澀，一浪高似一浪地湧過來。沙灘上可以立足而不給弄濕的地方已經所餘無幾了，即使睡到床上，那深褐色的香仍追著我的鼻子來咬。

情人節下午，大學裏人聲開始減少。如果我是大學生，為了情人今天也會冒死蹺課。此刻，一個人坐在辦公室裏聽鍵盤嘀咕不絕，難過死了。看看手錶，五點半，爸爸他老人家那邊工人也許還沒做飯。我打電話給他：「要不要去吃餛飩麵？」他很高興，爽快地答應了。我從座位跳起來，一連貯存了幾個檔案，狠心把電腦關上，忽然給截斷了的思路只好留在它自己的記憶系統裏。幾份工作張著大口驚呼，好像要把我吃掉似的。手指按了「關機」，又按「取消」，如是者幾次，才把電腦的纏繞幹掉。太早離開辦公室，很不習慣。截了一輛的士，趕到父親家裏去。他又在玩網上遊戲了。電腦技師曾對我說：「Uncle的電玩技術已經出神入化，若有分齡賽，一定拿冠軍。」

一年多前，母親病重，父親一天到晚打機，如今剩下他一人，打機仍是生活的主項。那時是為了逃避現實，今天是為了消磨時間。母親身體一向很不好，血壓過高，體力太低，胃痛頭疼坐骨神經發炎無日無之，臥床看書的時候多。如果那天媽媽的體力許可，爸爸就會帶她上街吃喝，從蒸蝦炒蟹到煎餅炸雞都大口大口地吞，兩人從不理會醫生的警告。媽須要每天服用降血壓丸和利尿的西藥，但只要能夠和父親上街，她就很快樂，甚麼都不管了。他倆從元朗吃到赤柱，從山頂吃到西貢，回到家裏不斷評頭品足，是一流食家。然後，媽媽忽然知道患上了胰臟癌。起初以為只是胃痛，照了胃鏡說一點事都沒有，吃的事業繼續，直到後來一吃就吐。在她生命的最後幾個月裏，她甚麼都吃不下了，即使在餓得不得了的時候，最多只可以接納一調羹煮爛了的米粉。醫生一直以來擔心的與高膽固醇相關的病痛，例如中風和心臟病，沒怎麼打擾她；奪去她性命的是叫她吃不下的癌細胞。

此事之前，我不時教訓爸媽：「你們太任性了，老人家怎麼能亂吃東西呢？你們的菜得減點鹽，太鹹的話，媽媽的腳又要腫了……」爸媽也不跟我爭論，只繼續到處尋訪出色的食肆。找到了，即時就打電話給我，媽媽的聲音總是那麼興奮：「青兒，我們在元朗喝茶，味道好極了！你來不來？」每次接到這樣的電話，我都不免生氣，心裏怪她：「難道她不知道早上十一點是我的上班時間嗎？怎能說來就來呢？你倆退休了到處玩玩兒如果都要我參加，我哪來薪水供養你們？」現在，再沒有人打這樣的電話給我了，耳朵空空的、癢癢的，輪到我對孩子們說話：「晚上回家吃飯嗎？」孩子的電話卻用「請留言」的信息封上了。回覆的時候，早已過了晚飯時間。

晚飯是我們唯一能夠陪伴爸爸的時間。媽媽走的時候，連晚飯都沒吃。最後一次我們送她進醫院，她腹痛難當。醫生說她的腸胃組織已經在裏面壞死。在她白淨滑溜的臉頰上，出現了對稱的兩點紅痣，反為她添上了一點血色。

醫生說：「那是血管增生，說明令堂已經病入膏肓，你們準備後事吧。」那天我買了菜乾粥餵她，她只吃了兩小口。這段日子，每次媽媽吞下一點一滴的流質營養，我們都會感到興奮，好像她又有了起色、有了復原的希望了。那當然只是空想。媽媽吃下的這最後一點粥，只能在她腐爛的食道止步。但這幾匙稀飯，注定要黏在我餘生的喉頭上，無法吞下，也難以吐出。

母親昏迷了八天才離開人世。是吃了粥那天的晚上慢慢不省人事的。媽仍醒時，弟弟在她床邊，不願離開，但媽媽說他礙著她看連續劇。那劇集正好在說李時珍的故事。李時珍是我國名醫，甚麼病都治得好。不知媽媽看了有甚麼感想，只知道她從此再沒有機會跟我們說話了。

喪事完了，那個虛構的神醫故事還在播。爸爸空洞的眼睛流落在自己噴出的煙圈裏，好像一直無法到達一臂之遙的畫面。不過，還好，爸吃得下。媽媽逝世的前兩天，醫生來巡房，爸爸從街上回來，竟帶著一個烤番薯，頓時滿房清香，無數童年的記憶一下子散了一地。爸爸找來了一張小刀，把甜薯切開。裏面是冒煙的金色薯肉，汁液溶溶，柔軟而溫熱。他把一片遞給醫生，硬要他吃。那好心腸的醫生也真的接過，說了句「多謝世伯」就放進口裏吃了。弟弟和我也吃了一點。我們不知道自己為甚麼還吃得下，但我們真的吃了。事後醫生把我拉到病房外面說:「世伯也要服藥了。」我一點意外的感覺都沒有，只答應著:「好的，請給他開方子。」醫生就給他開了抗抑鬱藥。他說:「未來的半年，你要好好看住他。」我哭了。

往後的幾個月，爸爸瘦了十幾磅，但還是頗能夠吃，為甚麼瘦，沒有人明白。抗抑鬱藥他偷偷扔掉了，沒告訴我們。為了「看住」他，我們一家天天在他那邊吃晚飯。爸爸的晚餐總給人過分蕪雜的感覺，太「豐富」了，吃不完，第二天還得吃。鹹蛋、臘腸、麵豉、醃魚不缺，青菜倒是不夠的。每天下午，我們都嚴詞吩咐孩子絕對不可遲到。遲幾分鐘，爸爸的臉就要轉黑。好多次，我們默默地吃著飯，看他把最鹹的東西一口一口吞下，飯後還站在窗口連抽了兩支煙。未幾，孩子們面有難色地開口了:「媽媽，我今天晚上要去練游泳，不到公公家裏吃飯了。」女兒跑了。「媽媽，我趕功課，不到公公那邊吃飯了。」兒子也逃了。但與爸爸吃完晚飯回到家裏，我卻看見兒子一個人在煮超級市場買來的餃子。很明顯，孩子們害怕把死亡和吃連結在一起的飯桌。

一天我跟爸爸說，我們會隔一天才來吃晚飯了。說這話之前，我頗為膽怯，怕自己落井下石，掙扎了好久才開口。沒想到爸爸很爽快地說了一聲好，聲調裏還出人意表地頗有點歡快。往後的幾個星期，不到他那邊吃飯的晚上，心情總是忐忑不安的。我禁不住想像他一個人胡亂把東西塞進口裏，一整個晚上不說半句話的樣子。可是，出乎意料，爸爸的情緒竟然漸漸好起來。我們到訪的晚上，他不是買了羊肉，就是開了汽爐吃火鍋，最教我興奮的是潮州凍蟹（其實我爸是中山人）。有時他還跟我們一起包餃子，弄得一身都是麵粉。振榮和我見他心情復原了都很高興，但大惑不解。「也許他也需要一點空間。人總不能熱熱鬧鬧地傷心。」振榮說。

可不是？但傷心過後，又需要熱鬧熱鬧了。那天我們做了很多餃子，有白菜豬肉、韭菜豬肉、白菜牛肉和韭菜牛肉。吃的時候連自己也覺得好笑，煮過之後味道根本分不開來。我只吃得出那一幕一幕的細節：振榮擀麵，弄到手臂抽筋，要塗藥膏，爸爸笨拙地把餃子皮黏在一起，根本捏不出餃子的形狀，還胡說那是「角仔餃」、「公仔餃」，他又沒有耐心，才包十分鐘就要去打機，打半小時不好意思了，又出來看我們勞碌，高聲取笑我們笨拙的動作。女兒帶來了數碼照相機，用滿是麵粉的手指拍了好多照片，說要讓公公在電腦熒屏上慢慢看。

從那時起，爸爸的體重回升了。飯後，他按時提供功夫茶、削皮水果、鹹脆花生、各色瓜子、甘草檸檬和番薯糖水。我們手口並用地把英偉自信的吳夫差、說話噴口水的姒勾踐和木無表情的施夷光一起吞下肚子裏，飽足地度過許多平常的晚上。然後——情人節來了，我約他去老遠的地方吃餛飩麵。那是媽媽生前吃過並且讚口不絕的。

那兒的餛飩是真的好吃。平時在一般麵店吃得到的餛飩都很大，裏面只有兩隻肥脹的雪蝦，看了未吃先飽。媽媽最討厭這樣的餛飩。這裏的可是小得很的，裏面有一點點鮮蝦和豬肉，非常地香。爸爸把調羹從小小的碗裏拿起，遞到我鼻子前讓我細看。「你說的香味，看，來自這些小小的黑點。」我說：「是蝦子啦。」爸爸點點頭。侍應生看見他已經吃完了麵，就來收碗。爸爸說：「我還要的。」說完就舀起那剩餘的蝦子湯一口一口地品嘗。

過了一會，爸爸又叫了一碗豬手麵，接著還吃了甜品和糖水。我有點擔心。老人家一頓怎能吃這麼多？振榮小聲說：「你別管他，他開心就好。」飯後，一家幾口乘計程車回到屋苑，振榮說要讓車子把爸爸送到家門。我說：「不用了，吃了這許多東西，爸爸得走點路。」爸爸同意：「就是。」我看著他搖搖晃晃的背影消失在春節燈飾的彩光中，心裏分不清是開心還是難過。我胡亂對振榮說：「今天是情人節呢。」振榮也隨便回答：「是呀，我們也算是去 wet 過了。想不到今天晚上那小麵店還有位子。」看來情人們都不想在麵店中過節，管你的麵做得多好吃。

我倆很慢很慢地踱步。孩子們大概仍在外頭甜甜蜜蜜，實在不用急著回家。沒想到，原來兒子已經先回來了。他一看見我們，馬上從冰箱拿出一小片穆斯蛋糕，說：「這是特別留給你們的。同學說我做得不錯呢。」我們本來已經很飽，但還是拿過了他遞來的小碟子。我小口小口地吃著，真的，好吃極了。這時，大門打開，女兒也回家了；還未放下背包，就跑到雪櫃，從裏面找來幾顆小小的巧克力，送到我們的嘴邊來 —— 咦，那不是做給男朋友的嗎？

餛飩湯的蝦子香仍在齒間徘徊，如今巧克力的奶油甜又要來接力了。我忽然想起了媽媽和爸爸的饞，熱淚盈眶。昨天夜裏從烤箱源源溢出的，又豈止一個甜蜜的節日呢。

作者簡介

胡燕青，廣東中山人，五十年代生於廣州，八歲來港定居，在香港接受教育，畢業於伊利沙伯中學及香港大學文學院，大學時期主修中文、英文。現職浸會大學語文中心副教授，教授語文及創作科目。中學開始寫作，作品以新詩、散文、小說、少年兒童文學創作為主，共數十種，偶亦從事翻譯工作。著作包括《摺頁》、《夕航》等新詩集，《好心人》、《剪髮》等短篇小說集，《一米四八》、《野地果》等少年故事，《彩店》、《更暖的地方》等散文集。

文學創作獎項：

香港市政局中文文學獎詩組 —— 冠軍（1981）
香港市政局中文文學獎散文組 —— 冠軍（1985）
基督教湯清文藝獎 —— 文學組優勝首獎（1998）
基督教湯清文藝獎 —— 卓越成就獎（1998）
第五屆香港中文文學雙年獎 —— 少兒文學首獎（1999）
第五屆香港中文文學雙年獎 —— 詩首獎（1999）
香港藝術發展局頒發之「藝術成就獎」（文學藝術）（2003）
第九屆香港中文文學雙年獎 —— 詩推薦獎（2007）
第十一屆香港中文文學雙年獎 —— 少兒文學推薦獎（2011）
第二十二屆中學生好書龍虎榜十本好書之一（小說集《好心人》）（2011）
第二十三屆中學生好書龍虎榜十本好書之一（小說集《剪髮》）（2012）

教學獎項：

浸會大學校長杯傑出教學獎（2001）
浸會大學校長杯傑出教學獎（2009）

責任編輯：羅國洪
裝幀設計：何雋

書　　名：蝦子香
作　　者：胡燕青
出　　版：匯智出版有限公司
香港九龍尖沙咀赫德道2A首邦行8樓803室
電話：2390 0605　　傳真：2142 3161
網址：http://www.ip.com.hk
發　　行：聯合新零售（香港）有限公司
香港新界荃灣德士古道220-248號荃灣工業中心16樓
電話：2150 2100　　傳真：2407 3062
版　　次：2012年9月初版
2014年1月第二版
2015年8月第三版
2017年4月第四版
2018年8月第五版
2020年6月第六版
2022年6月第七版
2023年2月第八版
2023年9月第九版
2024年6月第十版
2025年5月第十一版
國際書號：ISBN 978-988-16456-1-6